Hey Taxi!

Crónicas de un taxista en Miami

Volumen I

EL ESCRITOR TAXISTA

Publicado por Eriginal Books LLC
Miami, Florida
www.eriginalbooks.com
www.eriginalbooks.net

Correctores de estilo: Rebeca Murga y Lorenzo Lunar

Printed in the United States

ISBN-978-1-61370-037-2
Library of Congress Control Number: 2014942768

Patrocinadores de esta publicación

Odalys Sierra
Corredor de bienes raíces - Realtor
Levine Realty, Inc.
7901 Ludlam Road
Miami, Florida 33143-4538
Teléfono: 305 479 3144

Eriginal Books
10854 SW 88 St suite 220
Miami, Florida 33176
Teléfono: 305 763 2706

Agradecimientos

Este libro que está en tus manos lo ha financiado Eriginal Books con la ayuda de los patrocinadores y la contribución de las siguientes personas:

Agnes Chavez – Empresaria y escritora

Mar Andrés Thomas – Profesora y escritora

Humberto Esteve Abril – Empresario y escritor

Jordi Diez – Empresario y escritor

Violeta Bailan- Escritora y periodista

Manuel Lopez – Escritor, poeta y promotor cultural

Teresa Dovalpage – Escritora y periodista

Siro del Castillo – Pintor

Mercedes Gallego – Escritora

José Luis Palma – Escritor y cardiólogo

Juan Antonio Blanco – Filósofo e historiador

Baltasar Santiago Martin – Promotor cultural y escritor

Paul Seligmann Jordan – Diseñador y escritor

Elena Iglesias – Periodista, poetisa y escritora

Pedro Medina – Editor General Revista *Sub Urbano*

Nuestro agradecimiento a todas las otras personas que contribuyeron en el crowfunding en Indiegogo: *Hey Taxi!! Chronicles of a taxi driver in Miami*; al equipo de Eriginal Books que trabajó gratuitamente: los editores cubanos Rebeca Murga y Lorenzo Lunar, la diseñadora gráfica Elena Blanco Moleon y Ernesto Valdés que realizó el video para la campaña.

Esperamos que disfruten estas páginas.

El Escritor Taxista y
Marlene Moleón, Eriginal Books

Amigo lector

Siento una necesidad imperiosa del amparo divino al que todos recurrimos.

¡Dios mío, gracias por darme la oportunidad de cambiar el rumbo de mi vida con este proyecto!

A través de los años, como taxista he recopilado cientos de escritos que he decidido publicar en tres tomos. Solo mi taxi es testigo del tiempo dedicado a este quehacer mientras espero pasajeros. Sé que no quedaré bien con algunos, pero también sé que lo lograré con otros.

Perdónenme si ofendo a alguien, pero también pido un cumplido de aquellos que se identifiquen conmigo.

Después de los tres volúmenes no se pierdan a *Motzi*. Luego publicaré mi primera obra, que escribí en New York en los tempranos ochenta: *A new kid in New York*.

Espero que disfruten este primer volumen.

J.A.G.A.
El Escritor Taxista

¿Que si amo a Miami?

Check this out[1].

Mi nueva ocupación como taxista en la ciudad de Miami Beach me deja sumamente cansado. ¡Uuuf! Y la pasada jornada fue muy ajetreada. Quedé, como se dice, destrozado, sobre todo de mi adolorida espalda, de tanto conducir de aquí para allá y de allá para acá. Lo mismo puedo decir de mis enrojecidos ojos por la vigilia y el estar siempre alerta al conducir entre los costosos automóviles en el tráfico de South Beach.

Había estado trabajando desde las nueve de la mañana del día anterior. Después de un largo día de trabajo llega por fin la hora de volver a casa. Voy conduciendo sobre el Julia Tutle Causeway en dirección oeste, ya que tengo mi residencia en Miami, trato de relajar un poco los nervios bajando las ventanillas eléctricas de mi carcacha, para sentir en mi rostro el frescor de la mañana. Enciendo la

---

[1] El estilo coloquial del autor incorpora palabras de la lengua inglesa común en la ciudad de Miami, no se han definido en itálicas para hacer más fluida la lectura. (Nota del Editor).

radio. «Las cuatro de la madrugada» dice el locutor en español e instintivamente vuelvo la vista al reloj, que marca, un poco adelantado, las 4:07. Inmediatamente una corriente de aire puro, como ese que puede respirarse cerca del anchuroso mar que baña nuestras costas, cobija mi rostro tonificando todo mi ser a cada instante que avanzo, hasta aliviarme el estrés causado por el trabajo. A través de la ventana estiro el cuello hasta donde puedo, tratando de sentir más de lleno la brisa y ¡ahhhh, que delicia!

Manipulo el dial, cambio de emisora, subo un poco más el volumen del radio y empiezo a tararear las canciones, algunas veces cantando a dúo, con galillo de saxofón desafinado, las que he memorizado, como si se tratara de una competencia entre el vocalista y yo. ¡A quien grite más fuerte!

Al llegar a la parte más elevada del puente, el impresionante perfil del downtown de Miami, panorama que impone la obligación de ser admirado, se ve en la distancia con una quietud cautivadora.

—¡Qué linda es mi ciudad! —exclamo extasiado con tanta belleza. Me reacomodo en mi asiento y agachándome un poco, casi descansando el mentón sobre el timón del auto, observo fugazmente a través del cristal del parabrisas un cielo límpido y preciosamente estrellado. Vuelvo de nuevo la mirada a la ciudad tendida en la distancia, que aún no empieza a despertar a su vertiginoso movimiento diurno y casi grito para mí solo:

—¡Te amo, Miami, estoy muy orgulloso de ti! La historia te ve joven, solo cien años han pasado, que a mí me parecen veintiuno. Edad de la flor de la juventud vigorosa y potente.

Decido parar un momento para disfrutar aquella vista tan familiar pero que pocas veces se tiene la oportunidad de ver debido al vértigo que imponen las grandes ciudades sumamente activas. Estaciono el auto a un lado de la vía, sintonizo 97.3 FM y la combinación de la música con el apacible paisaje de Miami transportan la imaginación y hacen volar mi mente a un sueño fantástico en la que mi silenciosa e inmóvil novia es el objeto principal de mi ilusión.

Rod Steward canta si últimamente le había dicho lo mucho que la amaba; después Bryan Adams pide que lo perdonara por amarla tanto y repite no poder dejar de amarla tanto. Un poco más relajado y dejándome llevar por las palabras de tan dulces melodías, con mis pensamientos ya confundidos en la nebulosa del sopor del sueño, dedico las canciones a través de mis adormecidos ojos a mi querida ciudad.

Se me humedecen un poco y apretando suavemente los párpados dejo escapar el sentimiento que los invade. Sin darme cuenta recuesto el respaldar de mi asiento buscando estar más cómodo y me llevo el antebrazo derecho a descansar sobre la frente, como queriendo ayudar a mi mente a retener con su presión la última imagen para que no escape de mi interior.

Veo cómo el cielo se encapota casi a la velocidad de la luz. Fuertes ráfagas de viento azotan las sólidas construcciones de los edificios, atronadores rayos deslumbran con sus brillantes relámpagos y seguidamente se desata la tempestad para cubrirlo todo con su acuoso manto.

Entonces es cuando el increíble universo que mi mente ha creado empieza a juntar los edificios, todos menos uno, y una vez agrupados entre sí ¡de pronto! un esbelto y escultural cuerpo de mujer con nítidas facciones y delicadas líneas que recuerdan a la romana Venus, surge deslizándose lentamente del maremágnum de concreto y cristal y cual coloso posa su extraordinaria forma sobre lo que había sido la adorada Miami, despojada ahora de su inorgánica figura por tan descomunal hermosura.

Inmediatamente se desprenden de sus astas todas las banderas de los países de Latinoamérica y del Caribe, que estaban desplegadas en diversos puntos de la ciudad y vuelan para cubrir pudorosamente la bella desnudez de la moderna Afrodita. Los deslumbrantes rayos de mercuriales luces forman su dorada cabellera, conductores eléctricos forman sus cejas y pestañas, dos porciones de agua de la bahía de Biscayne de ambos lados del puente que me servía de atalaya, se levantan para formar sus preciosísimos ojos verde celeste.

Miami Tower, que a la sazón es el único edificio que queda en pie después de esta espectacular transformación, por fin se desprende de sus bases, conservando aún sus iluminados contornos de rojo, blanco y azul y va a posarse a la blonda cabellera cual finísima diadema de rubíes, topacios y diamantes simbolizando los colores patrios. Y, por último, cincuenta estrellas bajan del ahora transparente cielo para adornar su marmóreo cuello como un brillantísimo collar. Phil Collins termina de cantar: «I can feel it coming in the air tonight, oh, Lord».

Al ver aquella gigantesca pero bellísima mujer ante mí, salgo de mi auto, y como si se tratara de una deidad, me poso de rodillas con los brazos extendidos y canto a dúo con Bryan Adams: «Everything I do, I do it for you».

Pero todavía no ha terminado su atuendo. Toma la cruz más grande de la iglesia Santa Martha de Miami Shores y la pone de dije en su collar. Luego, coquetamente, desprende una luz roja de un semáforo y se pinta los labios. Extiende uno de sus brazos hasta un hangar del aeropuerto, lo abre como tratándose de una gaveta de su tocador y saca un 747, que prende en uno de los lóbulos de sus orejas. Con la otra mano toma un barco crucero de turismo y lo coloca en su otra oreja. Una línea de vagones de metromover le sirve de pulsera, los vagones de metro rail adornan una de sus tobilleras.

Una vez ataviada tan peregrinamente, con un gracioso movimiento echa sus cabellos hacia atrás como diciendo: «¡Estoy lista!». Se dirige hacia mí y yo, lleno de satisfacción, le canto: «You can do magic, you can do everingthing that you desire, magic».

A medida que avanza, pasa por el Hard Rock Cafe del Bayside y de un solo golpe arranca la gran guitarrra y se la echa al hombro. Yo, lejos de estar asustado, la espero con los brazos abiertos. En su caminar sobre las aguas de la bahía, su tamaño se reduce hasta alcanzar la estatura normal de una mujer y cada vez luce más real a mi vista. A pocos pasos de mí, ya sobre el puente, se acomoda la guitarra sobre el pecho y hace sonar una espontánea melodía rocanrolera que dice:

You are the first one

who love me that way

and I going to be your last.

With the sun

together with my love

plus the sea

and plus the sand

I will keep you warm.

No matter who you are

no matter where you come from

I am your home town.[2]

Cuando la melodía termina solo alcanzo a decirle: «¡Te amo!». Allí está frente a mí, de la misma materia humana, hermosa, sensual y provocativa. No parece tener ningún defecto y si lo tiene no me importa, así la amo, como es ella. En mis sueños la abrazo con todas mis fuerzas, siento su piel, su calor, el fresco aliento de su boca juvenil. La aparto un momento para observar aquel bello rostro y ante tanta coquetería de su parte no puedo menos que darle un beso pues creo que es la mejor manera de

---

[2] Invito a cualquier compositor de nuestro patio a ponerle música a estas palabras. (Nota del Autor).

demostrarle el gran amor que siento por ella. Nos volvemos a abrazar haciendo a un lado la guitarra, y con el sonido de la radio sirviendo de fondo me susurra al oído una canción de Sade: «This is no ordinary love».

«Coast 97.3 FM with the 60-70 and today». La voz del locutor me devuelve a la realidad. Prosigo mi camino a casa sin poder salir de mi asombro por lo que acaba de pasarme. Apago la radio sonriendo y a la vez pensando que no importa dónde yo esté, ni a qué hora, y aunque me vaya lejos Miami siempre estará en mi corazón.

Cuando yo era nuevo

—Te doy cien.

Dejado llevar por el dinero y la ingenuidad fui con el pasajero.

—Aquí cerca.

Lo llevé. Lo esperé y al regreso un policía me paró. Nos registró a los dos y se lo llevó a él.

Me amenazó de cómplice, pero me dejó ir porque se dio cuenta de mi inexperiencia como taxista.

Yo no sabía la vuelta de la calle.

Era mi primer día.

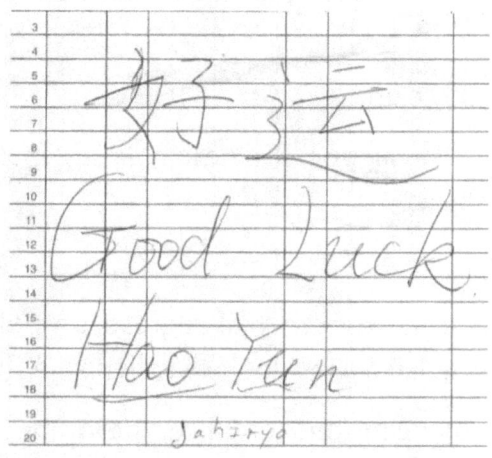

3							
4							
5							
6							
7							
8							
9							
10							
11							
12			Good Luck				
13							
14							
15							
16							
17			Hao Yun				
18							
19							
20			Jahirya				

	TOT							
		FARE	TIME	STARTED	TIME	FINISHED	No. PASS
escribió esto	1	Ya en el taxi es una
	2	chinita que al entablar
	3	Conversación me dijo que su
	4	nombre significa en chino
	5	
	6	"Buena Suerte"
	7	

Hǎo Yùn

Recibo mi primer trabajo del día por una llamada de radio. Es un pasajero que se llama Ji Ja Yun, al menos así lo entendí, y va para el aeropuerto. Llamo por teléfono para confirmarle que estoy a su espera y me dice que viene bajando del piso veintisiete del edificio Brickell on the River en el downtown. Salgo del taxi para estirar las piernas y veo a mi pasajero venir hacia mí. Se trata de una chinita.

Ya en el taxi le hablo de mi proyecto y me dice que su nombre es Hǎo Yùn, que significa buena suerte. Inmediatamente crucé mis dedos para desearle a ella triple buena suerte.

Ella no sabía lo que significaba el cruce de los dedos y se lo expliqué. Espontáneamente me abrazó y me besó en una mejilla. Y ese día sí que me fue bien.

Hǎo Yùn me dedicó su buena suerte en el blog de notas de mis escritos. Espero que se extienda a que disfrutes de estas historias.

Qué humildad

Hablando con un colega haitiano muy humilde me contó que anoche, como a las cuatro de la mañana, unos pasajeros de South Beach lo llevaron a uno de los lugares más recónditos de la ciudad y no sabía cómo regresar. Vio a tres personas trotando por el vecindario y pensó en pedirles ayuda.

—Ajá... ¿y qué pasó? —le pregunté.

El pobre muchacho me respondió:

—No les pedí ayuda pensando que saldrían corriendo a toda velocidad porque soy negro.

Profe

La diversión es la misma en todas las personas, pero cómo se divierten es lo que hace la diferencia.

Cuatro visitantes provenientes del norte del país, cuatro mujeres cincuentonas o más, felices de estar en Miami me dijeron:

—Danos música, querido chofer.

Calculando los años de vida escogí música suave y ¡bingo! «To Sir with Love».

—Por favor, súbele —pidió una de ellas. Las cuatro cantaron a coro.

—That's a lot to learn, What, what can I give you in return?...

Wauu... ¡Qué precioso momento! Lo disfruté tanto como ellas.

Según ellas son cuatro profesoras de secundaria allá en Minnesota y sus alumnos las habían despedido con esa canción.

Stupid meat sandwich

La ciudad está llena de visitantes chinos. Paro en el drive thru de un Burger King y una chinita que es mi pasajera ve la pizarra del menú. Entonces se escucha por el altavoz:

–Yes, may I help you?

–A wapa.[3]

–What?

La chinita se queda pensativa y dice:

–A wepa.

–You say what?

–A woopi...? May be?

El empleado no puede más, suelta la carcajada y como «monkey see monkey do», pues yo también.

Ella, con voz de gato encabronado, grita:

–All I need is a stupid meat sandwich!

---

[3] Ella quiso ordenar un whooper, un sándwich de carne. (Nota del Autor).

Ando por aquí

Esperando pasajeros frente a un bar observo cómo muchos paisanos salen de ahí. Reborrachos y como si salieran al patio de su casa se orinan en el medio de la calle, delante de todo el mundo. Salen otros y los secundan.

Una pareja que ve la exhibición se ofende y se arma el bochinche, como resultado llega la policía y meones y no meones van presos. Luego todo vuelve a la calma... solo hay que esperar a que salgan otros.

Calles de la ciudad

Conduciendo por las calles de la ciudad en una de esas noches de tranquilidad absoluta se puede notar, visualmente hablando, las movidas de algunas personas. Deambulan sin dirección, algunas de pie en una esquina o en parada de buses. Se quedan mirándome como esperanzados de no sé qué; paro y pregunto:

—¿Llamaste taxi?

—No —me contesta una de ellas—, estoy buscando cómo «resolver».

Esa expresión significa dinero. Están en la rebusca, igual que yo.

Acompañado por la música de la radio sigo mi ruta que no es ninguna, que es a donde me lleve el destino de la noche. Estoy relajado y lleno de energías para continuar mi periplo. Hace cuarenta minutos que dejé la zona y veo personas que ya vi antes, parece que hay movimiento, que de alguna forma genera dinero o, mejor dicho, se «resuelve».

Bueno por ti

—Me acabo de graduar —me dijo un pasajero— llévame a algún lugar en South Beach donde pueda celebrar...

—OK —asentí y lo felicité por sus logros.

Al pasar por MacArthur Causeway vio los barcos cruceros y preguntó:

—¿Cómo es posible que esa mole de hierro pueda flotar?

—¡Ah!, por la ley de Arquímedes —le respondí.

—¿Ley de quién? —preguntó extrañado.

—Sí, aquel que descubrió que todo cuerpo sumergido en el agua desaloja su peso.

—No recuerdo haber dado esa clase.

Se olvidó del asunto y curioseó:

—¿De dónde eres?

—De Centroamérica —le respondí.

—¿Dónde queda eso?

Me doy cuenta de que cualquier pasajero me dice que es astronauta y probablemente se ha subido a un avión sin saber cómo y por qué vuela.

Le hago la pregunta y me contesta:

—Pues porque es un avión.

Enfermera

Un día, mejor dicho una noche, me la pasé observando a los transeúntes y analizándolos solo por su forma de vestir. Probablemente acerté en muchos y habré errado en otros tantos; pero por cosas de la vida la persona que es el centro de este escrito me llamó la atención.

Caía una llovizna y una muchacha se guarecía en la parada del bus. Hice una carrera y la vi otra vez, luego no sé por qué di otras vueltas y la volví a ver con su vestimenta verde, tenis blancos y un estetoscopio colgando de su cuello. «Enfermera», concluí. ¿Mi hermana?

Pensé con seguridad que si se me presentaba un problema, allí mismo, ella me ayudaría.

Para entonces estaba manejando erráticamente, sumido en mis pensamientos. Decidí regresar y después de convencerla de que la llevaba gratis me dijo:

—Soy estudiante, quiero ser médico, pero el bus nunca pasó... Ya estoy tarde. ¡Ayyy, no sé si me van a suspender!, hoy me toca una clase de cirugía y... —pa-ra-pa-pa, siguió lamentándose sin parar.

Nunca más la volvería a ver, creo yo, pero ¿será que ella me recuerde alguna vez?

No creo, porque el que ayuda olvida. Yo lo hice hoy, pero ella lo hará toda su vida.

Supergirl

Una gringa vestida de Supergirl se subió a mi taxi. Se me ocurrió decirle, en tono de broma:

—Pero ¿cómo?... ¿No se supone que vueles en vez de tomar un taxi?

Se echo a reír y respondió:

—No cuando estás de luto... Acaba de morir Superman, mi esposo.

Ahora que lo recuerdo oro por él.

Definitivamente

La policía es generosa, porque veo cómo salen los clientes de los lugares de diversión, los dejan coger sus carros y los dejan ir a sabiendas de que van borrachos.

Los dejan escoger uno de los tres caminos: la cárcel, el hospital o el cementerio.

¿Y ahora?

¡Ando en la rebusca y nada!, ni siquiera un perro callejero se ve en la calle.

La noche «trompuda»[4]. Las luces de la ciudad se reflejan en la negrura de las nubes, hay un ochenta por ciento de lluvia pronosticada y recuerdo una canción que dice «horita va llover, horita va llover».

Tengo que pagar sesenta dólares por la renta del taxi, de los cuales solo tengo dieciséis. Salí a las cinco de la tarde y ya son las tres de la mañana.

Bueno, mañana será otro día.

Buenas noches.

---

[4] Trompuda. Expresión popular en Nicaragua para definir amenaza de tormenta. (Nota del Autor).

Dos tiros

De días como hoy, lunes, dice el dicho que ni las gallinas ponen.

Hoy no hay plata en la ciudad; como si todo el mundo se pusiera de acuerdo para olvidarse de los taxistas, que también necesitan comer.

Da la impresión de que hoy alguien le dio dos tiros a la ciudad.

Está muerta.

Security

Andando por la calle en la madrugada, en busca del dinero, me para un security[5] de uno de esos edificios de Brickell y me asegura que pronto va a salir un cliente para el aeropuerto.

Mientras hablamos pasa el tiempo. Espera que espera y habla que habla... El pasajero jamás se presentó. Me voy de ahí y me doy cuenta de que este pobre hombre lo que quería era hablar con alguien... por la soledad de su trabajo.

Pasan los días y me acuerdo de aquel security. Regreso... ahora soy yo el quiere hablar.

---

[5]Security: oficial de seguridad. (Nota del Autor).

Kobe Bryant

Quiero agradecer a este famoso basquetbolista por su autógrafo; pues, al hablarle de este proyecto, sin pensarlo me lo dio.

Sangre santa

Siempre he escrito acerca de lo pagano, ahora voy a escribir de lo cristiano.

Fui por donde no conozco, allaaaá por donde gritó el diablo. Me encontré con una doncella colombiana en medio de la calle. Le calculé trece o quince años. «¿A las dos de la mañana? ¡Santa María!, ¿qué pinta busca esta niña?», pensé y detuve el taxi.

El panorama era lóbrego y solitario. La incertidumbre me dominaba. Estábamos cerca de Halloween y solo a Drácula se le ocurriría salir a esta hora.

—Señor —me dijo y señaló hacia su casa—, vamos al aeropuerto y hace casi dos horas que estamos esperando un taxi y nadie aparece.

«Menos mal», pensé.

Un pastor evangélico y su esposa regañaron a la niña por haber salido a la calle a buscar un taxi.

Durante el trayecto al aeropuerto entablamos conversación y resultó, según ellos, que son descendientes de Santiago de Compostela, por el árbol genealógico que descubrieron en Internet.

Exclamé muy contento:

—Bienvenidos a mi taxi. ¡Dios está con nosotros!

Supervisores

Cuando dejo pasajeros en el aeropuerto, los supervisores de los taxis me están acechando con ojos de águila para ver si me atrevo a recoger a otros pasajeros. La ley establece que no puedo; para eso están los taxis que trabajan ahí.

Hay muchas personas que al verme gritan:

–¡Eh, taxi!

Yo me detengo, solo para informarles que tienen que ir al piso de abajo a tomar uno. No ha pasado un segundo cuando los supervisores me caen arriba, con libreta y lapicero en mano, para darme un ticket y discutir entre ellos:

–¡Yo lo vi primero!

Cada vez que eso me pasa les digo:

–¡Están ojos al Cristo para lucirse con sus jefes! Para ustedes el asunto es demostrar que están trabajando, en vez de ocuparse del visitante que no sabe qué hacer ni dónde ir a coger un taxi.

Pero, por increíble que parezca, ¡no lo hacen!

Arte callejero

Hoy me encontré con unos muchachos que quieren que les haga promoción. Ellos se dedican al entretenimiento.

Dijeron que se disfrazan como los artistas y cantantes del momento y mencionaron nombres reconocidos. Me ofrecieron comisión, confiados en que un taxista podría ser su mejor comercial, de gratis.

Me brindaron un show en privado para demostrarme la capacidad interpretativa. La curiosidad me mataba, puesto que yo no puedo asistir a ningún show en particular, por la naturaleza de mi horario de trabajo. Consideré que la noche no estaba buena y acepté. Solos ellos y yo, en la casa de alguno.

Me quedé pasmado al ver tanto derroche de talento. Salí de allí más que contento y definitivamente aprobé la obra. Pero ¿cómo puedo ayudarles? No creo que pueda hacerlo.

Lo único que se me ocurre es recomendar a las televisoras —por medio de este escrito— que dediquen un poquito de su tiempo a recolectar el arte callejero.

Zancudito

Pienso y pienso cómo acomodar algo que me acaba de pasar. Mientras pienso, veo un pendejo zancudo que me quiere chupar lo que a los dos nos hace falta. Quiero ayudarlo, si total es una milimierdésima de litro, pero opto por correrlo.

Se va y regresa. Me apunta a la nariz, la está luchando, estoy contra la espada y el asiento.

El viento sopla y me pongo mis anteojos de aumento para verlo mejor, observo cómo rema y rema para no perder su posición de ataque, quiero dejar que me muerda... pobrecito.

Y decidido se lanza.

Un cliente llama mi atención, entra al taxi, cierro mis ventanas y ya en el trayecto me dice:

—Abre las ventanas que aquí hay un mosquito.

Veo al zancudito salir feliz y contento, pero bien cargado.

En mi mente le grité:

—Adiós, amigo.

¿Inglés en español?

Los gringos, en su afán de hablar español ahora que la corriente latina los arrastra, dan risa. Hablan muy confiados de lo que dicen.

Por decir: «yo no sé», dicen: «mí no sabo».

Por decir: «yo voy», dicen: «yo ir».

Por decir: «mi papá me dijo», dicen: «mi papá dició a mí».

Por decir: «nunca lo supe», dicen: «nunca lo supí».

Diecinovo por diecinueve.

Diecicuatro por catorce.

Y un sinnúmero de barbaridades que yo no recuerdo, pero estoy seguro que todo eso lo dije, cuando era niño... y es comprensible... Pero el acabose de los acaboses fue cuando uno de ellos por decir «tequila» dijo «tuculo».

Bonita historia

—Al aeropuerto, por favor —me pidió un venezolano que vino de Texas, ya con su diploma de graduación en las manos— vine a Miami a casarme.

Y me contó que una vez que estuvo en casa de la novia, su futura esposa, esta llamó a su sirvienta para que los atendiera. Cuando la sirvienta se presentó, se le cayeron los vasos. En ese momento se dio cuenta de que la sirvienta había sido su novia, a la que le había ofrecido matrimonio antes de ser el profesional que es ahora. Al verse no pudieron evitarlo y se abrazaron afectuosamente. Se quedó sin una... ni la otra.

Por eso su viaje al aeropuerto.

Pelea

Recogí a dos muchachos que antes de entrar al taxi ya venían discutiendo. Uno de ellos, grandote y bien macizo; el otro, larguirucho y reflaquito, pero muy poderoso de mente, que por más que el grandote se pusiera rebelde el pequeño lo controlaba con palabras. Hasta que la cosa se puso caliente.

«La olla está hirviendo», pensé.

El grandote reta a los golpes al flaquito, pero una vez más este salvó la situación y le dijo:

—Te voy a echar a ese —y señaló a otro grandote que corría por la calle, paralelo a nosotros, tirando golpes al aire.

El grandote le ripostó a su amigo:

—¡Ah, idiay![6] ¿vos querés que me maten?

—No jodas, eso es lo que tú quieres hacer conmigo sabiendo que te quiero mucho, que sos mi mejor amigo.

---

[6] Idiay: interjección que se usa en Nicaragua, Costa Rica y Honduras para expresar asombro, pregunta o sorpresa. (Nota del Autor).

El grandote le respondió:

—Yo también te quiero mucho.

Se abrazaron y todo en paz.

—Señor, discúlpenos, es que estamos medios borrachos —aclaró el larguirucho.

Nuevos tiempos

Hoy domingo escucho el hit parade de América. Todas las canciones hablan de sexo.

—Esa música está buena para estar en la playa —me dice mi pasajero de turno, un señor entrado en años, y añade—: ¡Cómo cambian los tiempos! ¿Verdad? En los tiempos de mi abuelo tenías que apartar la tela para ver un trozo de nalga, ahora tenés que apartar las nalgas para ver un trocito de tela... ¡Y este nuevo tiempo sí me gusta!

Estoy arrecho

Un turista peruano me pide que lo lleve a probar «The Miami taste... Una cubanita».

—Mi amigo —le explico—, voy a manejar sin rumbo y lo que usted vea por ahí deduzca por su cuenta, porque yo no sé quién es quién.

Pero lo llevo por donde yo sé.

—Para aquí —me pide.

—¿Estás en el negocio? —le preguntó a una mujer que visiblemente tenía el cien por ciento posible.

—Monta —le dice.

Luego me ordena:

—Súbete al expreso[7] y maneja.

Me hice el desentendido. Y durante el viaje creo que escuché ese ruido del deslizar de la ropa. Media hora después, otra vez el deslizar de la ropa...

—Regresemos —me ordenó.

La dejamos a ella por ahí y a él en su hotel. Todo el mundo contento.

---

[7] Expreso: distorsión por *Expressway*, carretera de vía rápida. (Nota del Autor).

Sí que duele

Fue muy doloroso para mí aceptar la realidad. Me fui de compras al supermarket antes que este cerrara sus puertas.

Entre una cosa y la otra sumó cincuenta y seis dólares, tres bolsas de víveres.

Cuando me dispuse a salir del parqueo del super, una señora que también salía de compras me preguntó si el taxi estaba disponible.

— Sí, claro —respondí.

Y como lo que va a pasar pasa, entró una llamada a mi celular y atendí. Un cliente necesitaba de mis servicios.
Mientras hablaba por teléfono llegamos al destino de la señora, quien me dijo muy cortésmente:

—No se preocupe, señor, en ayudarme a sacar las cosas del baúl. Yo me encargo, siga conversando su negocio.

Así fue. Me enfrasqué en el teléfono y acto seguido me fui a recoger a mi otro cliente. Y así, entre uno y otro pasajero, se pasó la noche, solo para descubrir al final de la jornada que mis compras se las llevó la señora. ¡Ayyy!

Taxi

Una señora me pide que vayamos a recoger a su hijita de visita en la casa del padre. Apenas entró la niña en el taxi le dijo a su madre:

—Mi papá come chivo[8].

—Pues claro, hija, por eso nos dejó. La vieja que me lo quitó lo mantiene. Pero no te preocupes, que con los años todo lo que esa señora tiene será nuestro. Solo fíjate que viviendo él con nosotras no te daba nada. Ahora te da todo y hasta de más.

Esto último me sacó una sonrisa.

---

[8] Chivo: expresión en Centroamérica para referirse al hombre mantenido por la mujer. (Nota del Autor).

Proposición indecente

—Acabo de perder a mi novia —me dice el pasajero.

—¿Por qué? —le pregunto.

—Porque ella quiere casarse. Pero, lo único que yo quiero es cogérmela, porque de cuerpo es una tentación pero su carácter no me gusta. Le ofrecí mil dólares y me dio una cachetada. ¡Y yo que creí que estaba loca por mí! Estaba seguro de que la tenía lista y la perdí —luego concluyó—: de todas maneras no me importa. Ya llegará la próxima.

Cosas de la vida

Circulando por Biscayne Boulevard vi a lo lejos algo que parecía una familia esperando en una esquina, alcancé a llegar a ellos y me pararon: cuatro muchachas modelos y un señor que arrastraba los pies.

Los llevé a diez cuadras de allí y una de las bellezas me pidió mi número. Dos horas más tarde me llamó. Partimos y ya dentro del taxi sentí curiosidad:

—Mi amor, discúlpame la indiscreción, ese señor que arrastraba los pies... pobrecito, ¿es tu papá?

—Nada que ver —aclaró ella— desde luego que está enfermo. Ese viejo es millonario, dice él. Y parece que sí, pues se gastó la plata con nosotras y me ofreció más si me quedaba un tiempo con él. Las otras se quedaron por el interés. Yo me fui, porque el viejo es caprichoso, disimula que da cariño pero es un abusador, porque te humilla delante de los demás... y a mí eso no me gusta... por eso me fui.

Los amigos

Acabo de pasar unas horas maravillosas con dos viejos amigos que hacía rato no veía.

Llamó uno y concertamos cita; luego, desde otro punto de la ciudad, llamó el segundo. El primero es de esos amigos que te hacen la vida más relajada; el otro es algo así como Avivato, el de la caricatura.

Para contribuir con la historia de Miami, nos reunimos en el mejor lugar para esa ocasión: el legendario bar El Tobacco Road.

Bueno, la cosa en cuestión es que los tres desbordamos entusiasmo al calor de la cerveza. Cada quien soltó sus chistes y nos carcajeamos a más no poder.

Tanto así que el bartender, un gringuito él, nos observaba en nuestro contagioso revuelo. Se acercó, nos saludó a los tres y nos dijo:

—Los felicito, como quisiera participar... —y con mucho pesar aclaró—: no Spanish.

En Miami

Un sinnúmero de veces se me suben al taxi muchachas que hacen gala de su satisfacción, irradian juventud y energía, se les nota el entusiasmo por la emoción que conlleva la aventura de ir por primera vez al lugar de sus sueños.

Las saco del hotel y una vez en el taxi forman una alharaca que yo disfruto a plenitud.

Una de ellas exclama:

—¡Yujuuuu! —y añade—: ¡Finalmente estamos en Miami!

Las demás contestan a coro:

—Bitch.

¡Qué susto!

De una fiesta de Halloween[9] saqué a una pequeña familia que iba en dirección a Coral Gables. Según cuentan, dicen que Coral Gables fue hecha por un matrimonio que viajó a España y se les antojó construirla a imagen y semejanza, por eso los nombres en español.

Buscar una dirección en esa área es un dolor de cabeza, porque las referencias están en el piso y encima de eso se olvidaron de iluminar sus calles. ¡Una oscuridad como si estuviéramos al otro lado de la luna!

Al estar próximo a mi destino, vi con horror frente a mí, en el medio de la calle, una cabeza de mujer ensangrentada, cosa que me encrespó la piel:

—¡Dios mío! ¿Vieron eso? —le pregunté a mis pasajeros.

—Sí, pero no vimos bien.

Les expliqué lo que vi.

---

[9] Celebración del Día de Brujas. (Nota del Autor).

—¡Ay, mi familia! —gritó alguien—. Nosotros vivimos aquí en la esquina. Por favor, chofer, pare y regrese.

Observamos bien aquello. Era la cabeza de un maniquí... con su peluca rubia ensangrentada... Los ojos pelados viéndonos profundamente a nosotros... ¡Qué horrible experiencia que no le deseo a nadie!

Una noche más

Con poco que hacer, enero 6. Amanecer 7 del 2010, faltan dos años para que según los mayas se acabe el mundo. Pero yo pienso en Prince: «Party like 1999».

Esta premonición no es más que otra excusa para hacer fiestas.

Discúlpenme, seguramente pienso en fiestas por el calor que estas provocan... porque yo en este momento, 2 a.m., me congelo del frío.

Hay poco trabajo y mi calefacción no funciona.

¿Y entonces?

La ciudad está llena de visitantes y eso es bueno para todos nosotros, hay dinero como agua en río corriente abajo, gente preciosa de todo el mundo atraído por las celebraciones que se dan en marzo.

La ciudad también se atesta de vehículos que vienen de otros estados, te puedes dar cuenta por las placas. No es nada fácil para un taxista. En estos momentos hay trabajo de sobra, bota y recoge. Hay medio millón de personas buscando un taxi y no damos abasto.

Te acosan tanto que te vuelven loco y hay momentos en que te sientes fastidiado.

Cuando toda esa gente se vaya, seremos medio millón... buscando un pasajero. Cuando no los tenemos los deseamos y cuando los tenemos... nos quejamos.

¿Estúpida?

Por radio asisto a una carrera. Una mujer, notablemente borracha, me pide «South Beach».

La llevo y en el trayecto recibe una llamada. Pone su teléfono en walkie-talkie. Me llama la atención cuando ella contesta:

—Es que yo creo que a veces me pongo estúpida.

—¡No solo lo estás creyendo, es la realidad! ¡Te pasas de estúpida! —le dice la otra voz y ahí mismo se arma la cosa.

—Yo solo quiero ser honesta contigo, pero siento que tú me estás insultando.

—¿Te ofendes por la verdad? ¡Porque yo no recuerdo haber tenido una amiga más estúpida que tú!

—¿Qué dijiste, hija de puta? Dímelo en mi cara y te mato.

—¡Saldrás perdiendo, porque siempre has perdido... porque siempre has sido y serás una perdedora!

Mi pasajera corta la llamada y poseída por la ira me hala la camisa. Me asusto y freno.

El frenazo la hace recapacitar. Me pide disculpas y rompe a llorar.

La comprendo y perdono porque shit happens... y esta es una de ellas.

Nadie sabe

Recogí a un negrito, gracioso en su aspecto, amable y cariñoso. Sonrisa amplia, amistoso, de esos tipos de cara feliz, y sí que lo estaba…

Como si fuera gran cosa me dijo todo lo que hacía y que nadie sabía.

Me ofreció su amistad y sus productos y que le buscara clientes.

Me puse a pensar. Si acepto su proposición, estoy seguro de que nos veremos allá adentro.

Porque Miami es...

Fui al Bayside en la rebusca y me doy cuenta de que al lado, en el Bicentennial Park, están dando un concierto y no sé a quién se está presentando.

En Miami hay tanta actividad que no me doy cuenta porque no puedo estar en todas.

Pero ese palpitar acelerado es el que me impulsa el ánimo y continúo en mi rebusca.

Hay alpiste, solo hay que buscarlo.

Regreso a mi casa después de un buen día y veo en mi vecindario que alguien está celebrando algo, me da gusto. Me satisface, sonrío y pienso: «aparentemente en Miami todo el mundo es feliz».

Momentos

Dos muchachos hablan en el taxi, los dos van lamentando la muerte de alguien y uno de ellos dice:

—Bueno, que descanse en paz después de lo mucho que luchó.

El otro grita:

—Olvídate de eso. El que está muerto no descansa porque está muerto, ¿verdad, señor taxista?

Cuando no debo abrir la boca

Recogí a una dama, joven a la fuerza, y me pidió que la llevara a su trabajo, un reconocido nightclub, de esos de desnudos total. Aproveché la ocasión sin saber que iba a ofender y le hice un reclamo.

Esos lugares, cuando empiezan, salen a buscar a los taxistas como apoyo para que les traigamos los clientes y nos ofrecen una pequeña pero significativa recompensa. En algunos de esos clubes nos dan cinco dólares por cabeza; otros te dan diez y hubo uno que ofreció veinte, lógico que nos vamos por el último.

—¿Sabes que el otro día llevé a cuatro clientes aquí a tu trabajo y no me dieron la supuesta comisión? Me alegaron razones como que los clientes que llevé eran VIP y ese tipo de cliente no paga entrada, pero yo vi que sí pagaron... y al reclamar me sacaron de ahí y que no trajera a nadie más.

—Mal hecho —dijo ella, porque de los clientes que ustedes traen dependemos nosotras.

Mi cagada fue que quise explicarle que nosotros los taxistas convencemos a los clientes para que vayan ahí porque en otros lugares las mujeres son viejas, con cicatrices de cirugía cosmética, nalgas flojas, dentaduras postizas, se patean las tetas y etcétera, etcétera.

Ella contestó triste, pero muy molesta:

—¡Qué bárbaro! ¡¿Cómo te expresas así de nosotras?! Sos muy grosero. Tú no me gustas. Bájame aquí... —y sin pagarme se bajó.

La dejé ir... ¡Dios, qué mal me sentí!

Odiosidades

Esperando pasajeros en el taxi stand[10] pasó cerca de mí una mujer, buscando su hotel, creí yo. Eran las tres de la mañana.

«Bonita ropa, le queda bien», observé. Llevaba agarrada en una de sus manos una botella de cerveza.

Se le notaba la borrachera por los pasos erráticos que daba. Pasó sin prestarme atención.

Treinta segundos después apareció un presentable muchacho, borracho también. Se metió en mi taxi y me pidió que la siguiera.

«Es su novia», pensé.

Cuando paré junto a ella, mi pasajero le dijo:

—May I have your pussy, baby?

Ella, dentro de su borrachera, reaccionó a las palabras y automáticamente lanzó la botella contra mi taxi, con tan mala puntería que, gracias a que anda la brújula como un reloj de a peso, no le dio.

_____

[10] Taxi Stand: Lugar para espera de taxis. (Nota del Autor).

Arranqué y me desaparecí de allí y a mi pasajero le pregunté:

—¿La conoces?

Y me respondió:

—Yo no sé quién diablos es. Pero al menos traté lo mejor que pude.

Pobrecita

Me acabo de encontrar con una muchachita, linda por cierto, y que por su estructura para cualquiera califica como flaca, chiquita y bonita. Pero que muy boba, diría yo, por no decir otra cosa.

Durante el viaje entramos en la consabida confianza y le dije:

—Tú eres mi comandante, yo soy tu piloto.

Se soltó y me dijo:

—Yo soy de (...) y vine a Estados Unidos a buscar con quién casarme. ¿Usted está soltero? porque si usted está soltero y es residente o ciudadano, yo me caso con usted.

Al oír aquello se me levantaron las cejas... Wauuu...

Y siguió hablando...

El que se vaya a casar conmigo tiene que darme todo lo que me gusta, un carro de marca y del año, llevarme a buenos lugares, y sobre todo a buenos restaurantes y clubes famosos, joyas de calidad y una buena casa. Si usted cumple con todo eso, casémonos.

El que lea esto ¿quisiera contestarle a esta muchachita?

Aguas negras

Siguiendo la rutina de mi trabajo doy un millón de vueltas por la ciudad en que vivo. Soy testigo de sus cambios, veo cómo poco a poco se va transformando en una pequeña Manhattan, y esto gracias a nuestro alcalde de turno. (Gracias, Manny).

En Brickell Avenue están realizando obras de alcantarillado, cambiando viejas tuberías de aguas residuales por tuberías nuevas.

Mi pasajero de turno es una señora, que está viendo las obras que se están realizando y aún así me pregunta:

—¿Qué están haciendo aquí que se hace tan difícil el tránsito?

Trato de explicarle y no encuentro palabras adecuadas en inglés y le digo:

—Change the sewer to conduct the second hand food.[11]

La señora en cuestión se me acerca al hombro derecho y, muy queditamente, me dice al oído:

—¿Tú le llamas a la mierda comida de segunda mano? ¡Uh!

---

[11] Están cambiando las tuberías, para que pase la comida de segunda mano. (Nota del Autor).

¿Provocación?

En Miami algunos visitantes piensan que están en Sodoma y Gomorra. Dependiendo de mi estado de ánimo, a veces acepto que así sea y otras los rechazo, probablemente dependiendo de la gracia de la persona.

—Put your nipple inside Bitch! —escuché decir a un hombre y, desde luego, como comandado volteé a ver lo que pasaba. ¡Ah!, la cosa es conmigo.

—Solo quiero asegurarme de que el taxista nos lleve gratis —dijo la voz de una muchacha que dirigía maliciosamente su vista hacia mí como para estar segura de que lo vi.

Pues claro que lo vi, mini taco de ojos ¿no?

Luego de que ya ella estaba segura, se montaron al taxi y añadió:

—Le voy a dar de mamar a este, para que se acuerde de que sigue siendo niño.

Todos carcajearon.

Salí ganando... porque al final me pagaron.

De corazón

Dedicado a Gina, Yoly, Lourdes y Michelle

Escuchar a nuestro dispacher darnos trabajo por el radio (yo en particular los quiero mucho) me da satisfacción.

Ellos no tienen idea de cuánto significan para mí. Ojalá que el mundo sea tan fácil para ellos como ellos lo hacen fácil para nosotros.

Lapicero, por favor

Busqué una pluma para desarrollar un tema y no tengo ninguna. Revisé en todo el carro, en mi mochila, en la guantera, en el trunk[12] y nada. «Bueno», pensé, «ni modo».

Tendí el asiento hacia atrás para descansar y al estirar los pies rodó algo. Pensé que era una piedrita de esas que uno sin saber arrastra en los zapatos y para mi sorpresa... ¡una pluma!

Siempre me falló y, para mí, siempre la boté. Esta vez apareció para salvarme, pero el tema se me había olvidado.

Arranqué con esta historia en honor a ella, debe estar enamorada de mí.

Está tratando de hacer lo mejor por mí. Últimamente no podía leer lo que escribía con ella, por eso la odiaba y la botaba; pero por metida ahora la quiero. ¡Y esta va a ser la primera que voy a guardar! Es una Bic Grip Roller Fine, con tinta roja.

---

[12] Trunk: Baúl del auto. (Nota del Autor).

Me da risa por la propaganda, pero bueno, el sol sale para todos.

(2:30 a.m.)

Al club

Para algunas personas la noche no termina cuando el sol asoma. Llegan al aeropuerto de Miami y al hotel, se bañan, se visten, se *olorosean*... y afuera.

Son las cinco de la mañana. Y me lo dicen, con una naturalidad, como si fueran las diez de la noche:

—Lléveme al club.

Ese club, en particular, cierra hoy a las dos de la tarde, porque es un after hour.

Mi parada

El hotel Hyat es mi vida. Aquí escribo todo lo que me pasa. Esta noche se me apareció un proxeneta y me ofreció doscientos dólares para que llevara y trajera a sus mujeres a donde ellas quisieran, por cuatro horas.

—Porque mis mujeres son las mejores y ellas se merecen lo mejor.

Las llevé y se bajaron en South Beach con el compromiso de que estaría disponible para ellas por cuatro horas. Pero diez minutos después sonó mi celular y escuché:

—No te preocupes por nosotras esta noche.

Llamé al tipo para contarte la situación y me dijo:

—Eso significa más dinero para ti y para mí.

Voz fuerte y aguda

Llegué a la gasolinera de mi vecindario y, mientras cargaba gas, escuché: «Fuck you!».

«¿A mí?», pensé. Volví para ver de dónde provenía el grito. Un tipo, parado frente a la gasolinera en la esquina opuesta, vociferaba a cada carro que pasaba, señalándolos con una cerveza en la mano.

Salí de la gasolinera y pasé cerca de él para divertirme con su borrachera; pero solo para descubrir que era mi vecino, un hombre respetuoso, con buena moral y con dos hijos, que hacía poco se había mudado al área.

Al hacer memoria recuerdo que hablé una vez con él y me había dicho que odiaba a los borrachos por su mal comportamiento.

¿Y entonces? El que esté libre de pecado, que tire la primera piedra.

En la piquera

Estaba parqueado en el taxi stand, así se les llama a los lugares donde la ciudad nos permite esperar pasajeros. Los cubanos le llaman piquera... y son ellos y los haitianos los que predominan en la industria.

Llegó un cubanito de esos primerizos, con toda la frescura de un nuevo taxista en la calle, para él todo es alegría... Me había contado que antes de ser taxista trabajaba ocho o diez horas duro, muy duro, bajo el sol, por setenta u ochenta dólares diarios, y que había descubierto que en el taxi, con una sola carrera a Fort Lauderdale, los hace en tan solo una hora.

Se parqueó detrás de mí sin que me diera cuenta, pues yo estaba escribiendo la anécdota pasada.

—Compadre, ¿cómo estás? ¿Escribiéndole a la novia? —me dijo con entusiasmo envidiable y con todo el pulmón de un principiante. Me agradó verlo, nos saludamos y le expliqué mi proyecto. Y que a veces por el cansancio dejo pasar las cosas y luego cuando duermo empiezo a soñar un montón de boberías...

—Asere —me dice—, eso de los sueños es del carajo. Si fíjate que una vez vi una película, esa del *Apolo 13*, y soñé que yo era astronauta. Llegué a Marte y allá un marciano me preguntó cómo hacíamos el amor acá en la tierra. Con las manos, el tipo me pedía con ansias que le contestara. Yo le dije: «Te la meten te la sacan seguidito y sin parar a veces hasta por dos horas». Muchacho, él peló los ojos, que de por sí ya los tenía *pela'o,* de este tamaño... y tú sabes que yo creo que el marciano ese era cubano, porque me dio la espalda y se fue por ahí *pa'llá* y preocupado viró a verme y me dijo: «¡D'pinga!».

A cualquiera le pasa

Conduciendo calle arriba veo a un señor que miraba constantemente para atrás mientras avanzaba en mi dirección. Al llegar junto a él se me subió al taxi.

—Taxista, por favor, lléveme a la 8 y la 8.

—Pero, señor, estamos en la 6 y la 7, ¿va a pagar taxi por dos o tres cuadras?

—Sí. Y apúrate, que estoy en 911[13].

—Pero... ¿cómo? ¡Señor, mire el tráfico cómo está!

—¡Es que lo mío es una emergencia!

—Pero, señor, ¿usted no ve que las calles están obstruidas por la reparación que están haciendo?

—Súbete a la cuneta y mírate a ver cómo le haces.

—No puedo.

—Entonces, discúlpame el olor.

¡Ah! y yo que pensaba que era la tubería que estaban reparando.

---

[13] En Estados Unidos 911 es el teléfono para emergencias. (Nota del Autor).

News

Veo en las noticias de la tele que el avión más grande del mundo, el 380, golpeó en tierra a otro más pequeño. Uno de los entrevistados dijo que si las grandes empresas siguen recortando personal van a ocurrir más accidentes.

REALIDAD: Como taxista veo, en los hoteles cinco estrellas, papeles en el piso y baños sucios. Llego con pasajeros a la una de la mañana y nadie los recibe. Una luz del lobby que debe estar fija está intermitente. Una música por el altavoz tartamudea.

Hablo con la front desk[14] y me dice que han botado a mucha gente y que le han pedido a ella que haga lo que pueda.

—Que reporte lo que no pueda hacer, que reporte también las fallas que yo vea; pero ¿cómo?, si no doy abasto con mi obligación. Si no entra un cliente a registrarse es otro que sale u otro que pide información, o que la cama no tiene almohada, otro que su televisor no funciona... y así y así. Yo hago los reportes, pero mañana es la misma cosa.

---

[14] Front Desk: Recepción, y en uso coloquial recepcionista. (Nota del Autor).

—Increíble —me expreso con la muchacha y añado—: Si esta empresa, según el periódico, el año pasado reportó ¡cinco mil millones de dólares en ganancias!

Ella solo pudo bajar la cara y subir los hombros con mucha pena.

¿Socio de oreja?

Vi a tres tipos, entre ellos una mujer, que observaban el movimiento de la zona. «Inversores», pensé y no estaba lejos de la realidad. Me acerqué para oír lo que decían y tal parece que me acerqué mucho y para bien.

En ese momento solo alcance a escuchar: «Ok, ya vimos, hablemos en el taxi».

Uno de ellos, agachándose a la ventana de mi taxi, me preguntó si estaba disponible.

—Claro —respondí entusiasmado y sonriente (ahí es cuando tengo las orejas no de burro, pero sí de conejo; bueno, mejor dicho, de elefante).

—Como les digo, si nosotros cogemos ese lugar, lo que invirtamos lo recuperaremos en seis meses. Precisamente tengo seis meses de estar estudiándolo. Me convertí en un asiduo cliente del lugar y me he fijado que del medio millón de gentes que visita esta área solo entran cien, máximo. Solo hay un cocinero por turno. Abren temprano; sirven desayuno tipo MacDonald. El almuerzo no es gran cosa y la cena, igual. ¡Ah! y cualquiera de los pocos empleados es el bartender de la mañana. Estoy seguro que esa es nuestra oportunidad.

Todos los demás socios, incluyéndome a mí, estábamos escuchando al experto. Luego llovieron las preguntas. ¿Cuánto es la renta? ¿Con cuánto dinero crees que lo conseguimos? ¿Cuál es el futuro? ¿Qué es lo que prometes una vez hecha la inversión? Otro preguntó: ¿Cuánto en sí es la inversión total?

El supuesto experto comentó:

— Ya les dije que con medio millón...

La mujer preguntó:

— ¿Cuánto tú vas a invertir?

—Depende de lo que cada uno de ustedes vaya a arriesgar.

El que no había hablado abrió la boca y dijo:

—Yo creo que tú tienes una pequeña equivocación, porque según mis conocimientos contables es a los doce meses y no a los seis que se sabe si un negocio es rentable. Y ese puede ser el fracaso.

Entonces el experto comentó:

—El lunes lo voy a tener todo detallado cuando lleguen a mi oficina... y si les dije que seis meses, fue para entusiasmarlos.

—Chofer, por favor, pare aquí.

¡Ay, qué lástima! Se bajaron. Soy socio de oreja. ¡Cómo me gustaría estar en la inauguración y doce meses más adelante felicitarlos por el triunfo!

Sobre todo por la gran satisfacción que siento al saber que el área, aunque esté marchando bien, cuenta con personas con mucho empuje. YES!

Piltrafa

Hace meses que guardé en el freezer una cantidad de residuos de carne grasosa, esperando ver pasar a los perros callejeros.

Ahora solo Dios sabe lo que estoy pasando por lograr mi objetivo, que es publicar este libro. Vendí mi taxi y dejé mi trabajo para dedicarme a él, pero tengo que ir por aquí y por allá. Es algo así como ir de Herodes a Pilatos. Me tomo un café en la calle, porque eso mitiga el hambre. Regreso a la casa, busco qué comer y, creyendo que todavía tengo carne, descubro que solo tengo los pellejos que les guardé a los perros. Tomo una silla y medito. Juro que estoy cansadísimo y apestoso.

Me doy un baño mientras el «alimento» se cocina.

Jamás comí algo tan rico durante dos días seguidos.

¿Qué fue?

Antes de comenzar mi día de trabajo, que normalmente empieza a las cinco de la tarde, pasé a saciar mi hambre en uno de esos lugares donde sirven pollo asado. Comí rico y barato, pero después me andaba con unas flatulencias de las buenas. ¡Uff... qué peste!

Para colmo de males llovía torrencialmente. Me lancé uno chiquito y silencioso como un minimisil bajo el agua, esencia más que suficiente para perfumar el avión más grande del mundo lleno de pasajeros.

Hice alto en una luz roja y sentí que de golpe un pasajero abrió la puerta y de un brinco entró. Vi por el espejo retrovisor cómo puso cara de dudas.

— Sí, señor, ¿dónde lo llevo?

Él se quedó viendo el techo del taxi, como pensando. Pude observar cómo se le inflaban las fosas nasales repetidamente, hasta que exclamó: «FAAACK!»[15] y, como de un brinco bajo la lluvia entró, así mismo salió.

---

[15] Fuck, en algunos lugares de Estados Unidos lo pronuncian con «A». (Nota del Autor).

Todavía me pregunto qué fue lo que me dieron de comer. ¿Pollo o buitre?

¿Qué fue?

Hoy me siento

Casi me atrevo a decir que la vida es una mierda, pero al analizarla me doy cuenta de que la vida es la vida, la mierda soy yo.

Zebastian

Hoy tuve a cuatro españoles como clientes en el taxi. Uno de ellos me preguntó que si era cierto que a los turistas que están hospedados en Miami Beach los echaban de los hoteles en aviso de huracán.

—Sí, es cierto —le contesté.

El que me preguntó siguió diciéndoles a los demás que Sebastián, cuando regresó a Barcelona, llegó diciendo que a él lo habían echado.

Entonces el más viejo del grupo dijo:

—¡Bueno, conoziendo a Zebastian... a eze lo habrán echado porque no habrá pagado... Oztia!

Viendo mi patio

Miro a mi patio y veo a los pájaros, las palomas y a todo ser que vuela posarse en los árboles.

A veces estoy en la lipidia (que significa que no tengo nada para mí) y mucho menos para ellos. SORRY...

Arman un escándalo como reclamando derechos; derechos que yo, sin saberlo, les he dado. Sé que me están puteando, que hasta puedo escuchar lo que me dicen:

—Si nos acostumbraste a encontrar agua y comida aquí, ¿ahora qué te pasa? ¡No! Mira a ver cómo le haces, porque de aquí no nos vamos.

Voy a mi refrigerador, rebusco y ¡sí!, hay muchos desperdicios en buenas condiciones y que yo no quiero. Los recojo, se los tiro al patio y se acabó el bochinche.

Basura para mí, pero no para ellos... porque sin paja, todos necesitamos de los demás.

Distraído

Estoy en Brickell Avenue esperando eternamente que la luz me dé el verde. Alrededor mío se desplazan máquinas pesadas, de esas que destruyen lo viejo y reconstruyen lo nuevo.

Un bulldozer me da la vuelta 360 grados y da otra vuelta. Su claxon me fastidia. Yo creo que se está comunicando con sus compañeros de trabajo. Observo que no hay policías con sus luces puestas, que para mí en esos casos de construcción de carretera te avisan del peligro. Ahí me quedo.

La luz nunca cambia. De repente siento que la pala mecánica levanta mis gomas traseras y me lleva hacia adelante. Me asusto y me voy de allí sin escuchar claramente los improperios de los trabajadores. Estoy en zona prohibida.

Dale gracias a Dios

Terminaba de echar gasolina y me iba para mi casa cuando se me acercó un muchacho con el rostro casi desbaratado y sangrando.

—¿Qué te pasó? —le pregunté.

—Me acaban de dar una madre verguiza.[16]

—Sí, ya veo... y ¿por qué?

—Mira, primo, no tengo dinero, pero te doy este reloj en garantía de que mañana te pago. Llévame a mi casa.

En el camino hablamos y me explicó:

— Estuve en un club y me encontré con una linda chica que, según ella, venía de Europa. Nos pusimos a tomar y resultó que a la hora del pago el ticket de los tragos era exagerado. Di todo lo que tenía: 360 dólares y todavía debo 800. Resulta que la muchacha no era turista ni nada, sino una mujer que le hace negocio al local... y me jodió.

---

[16] Verguiza es usado en México por paliza. (Nota del Autor).

Cosas del taxi

Veo venir hacia mí a un señor, gringo él, y me pregunta que si se puede sentar en el asiento delantero.

—Claro que sí —le contesto.

Una vez en el viaje me empieza a preguntar: ¿Por qué el radio? ¿Por qué la luz manejable? ¿Qué por qué esto? ¿Qué por qué lo otro?

Le explico que este carro es de la policía y que, una vez que el Departamento los deja de usar, los vende y nosotros los taxistas los compramos.

Entonces me dice graciosamente:

—Bueno, si este carro es de la policía... Es la primera vez que voy sentado delante.

Un día más

Mi primer pasajero:

—Ay, señor, si usted supiera —y me contó su problema.

Luego una dama, lo mismo, más tarde otro señor:

—Papo, si tú supieras... no es nada fácil.

Y así sucesivamente, hasta encontrarme con un chef de cocina que se dio su trago después del trabajo.

Durante el trayecto lloró para poder expresarse. Me contó que se había dado unos tragos para olvidar, no porque es borracho, sino para justificar su borrachera. Para pasar por alto sus problemas.

—¿Sabes cuál es mi problema?... La soledad.

Me contó que cuenta con muchas amistades, pero cuando las necesita no están disponibles, que la única vez que está acompañado es cuando trabaja, pero al salir todo vuelve a lo mismo.

—Solo recuerdo la escuela, ahí la pasaba bien. Todo era jarana, jodedera, pero ahora al volver a casa... todo es soledad. Ahora ya nací, ya crecí, ya me casé y me divorcié, tengo mi profesión, tengo trabajo, pero no tuve hijos —y se pregunta a sí mismo—: ¿Qué es lo que está mal en mi vida?

Entonces vio a unos amigos caminando y me ordenó:

—Bájame aquí.

No me dio tiempo a aconsejarlo, pero alcancé a gritarle:

—¡La respuesta a tu pregunta está en tu espejo!

Un día de esos

A veces me levanto, no sé, medio bobo. Escucho a millas de distancia las voces que me hablan, se me caen las cosas de las manos, si tengo algo serio que hacer en el diario vivir se me olvida.

Otros días me levanto de mal humor. Todo me irrita; pero después de la tempestad viene la calma... amanezco descansado, hecho un amor. Todo me gusta, todo lo escucho bonito y claro, todo me cae en gracia y ese día siento que me va bien en mi trabajo aunque todo haya salido mal.

Supongo que es normal y que a todos nos pasa lo mismo. ¡Pero, Dios, cómo quisiera poder comprenderme!

Cae la noche

Hace rato cayó la noche y los que desafiamos el reloj biológico nos prestamos a vivir un día más. Unos por trabajo, otros por diversión y otros por lo que aparezca.

Bajo el amparo de la oscuridad pasa libremente lo que de día no se puede o pasa bajo la mesa, de noche dos minutos bastan para tener sexo... BAM BAM BAM... y no te conozco... Sigo avanzando y con la humedad de la noche puedo observar que también todo se agita... Cada quien consigue lo que busca. Luego ves cómo la noche se va diluyendo y las personas también.

En la penumbra de la noche veo, a corta distancia, a una pareja que está en plena faena. Me ven, pero él no para. Poco a poco me voy acercando y poco a poco ella lo va arrastrando alrededor de la columna que sostiene el metromover. Me acerco un poco más, no quiero perderme el espectáculo; entonces ella rota en su eje y los dos van en traslación alrededor de la columna.

Poco a poco ves relucir otro día. También a nuevas personas buscando un día más.

¿De dónde?

Normalmente, el taxista aplicado se da cuenta al instante de la procedencia de su pasajero, ya sea por su tez, su look o su forma de hablar; pero cuando es el visitante es el curioso se forma un ambiente de armonía.

Me pregunta:

—¿Latino?

—Sí, y si adivinas de que país provengo te llevo gratis.

— Me gusta el reto, solo dame un tip.

— Empieza con N y no es una isla.

Inmediatamente el gringo grita:

—¡NIGERIA!

—No.

—¡NAMIBIA!

—My friend... andas por África... y solo te queda un chance más.

—Uh... Ah... Uh... Ah... ¿Latino, país firme, no isla? Dame un minuto...

—Ok.

Me carcajeo. Se pasa del minuto buscando su geografía en el cielo raso del taxi y me dice:

—You win! I give up[17].

Llegamos a la playa, con el taxímetro marcando veintiún dólares, pero me dio cincuenta.

---

[17] Tú ganas. Me rindo (Nota del Editor)

Qué duro

6: 16 a. m. Regreso a mi casa, recansado, muerto, dispuesto a dormir por el horario; pero no tengo sueño. ¿Y ahora? Empiezo a dar vueltas a la casa. ¡Ay! mi mente también da vueltas y ya somos tres porque mi perro también da vueltas detrás de mí. El mundo da vueltas.

¿Cuánto tiempo más pasaré despierto? No sé.

La actividad en mi vecindario hace rato que empezó, pienso que lo normal es dormir de noche; pero desde que se descubrió la luz todo cambió. ¡Cómo quisiera haber nacido antes de que eso ocurriera! Pero a la vez estoy presumiblemente contento. Es más, quisiera nacer algunos años más adelante para estar aquí cuando contactemos con los extraterrestres porque el pasado ya lo conocemos.

Y pensar que somos millones de personas, que no sabemos ni de antes, ni de ahora y mucho menos del mañana.

¿Quién comprende? Buenas noches.

Mala onda

Del hotel Hyatt saqué a un muchacho notablemente poseído por el entusiasmo de sus vacaciones.

—Llévame a un strip club, al mejor —me ordenó.

Calculo yo que va con más de una copa en su organismo. Lo llevé al más lejos del downtown, porque el mejor está más lejos... Una vez que llegamos allí, me pidió que lo acompañara. «Total, hoy es lunes y no hay gran cosa en la calle», pensé.

En la entrada vi que el local ofrecía gratis chickens wings[18] y por eso acepté. Ya estando adentro nos encontramos con un ambiente de funeral; pero eso no disminuyó el entusiasmo de mi cliente, que pidió dos cervezas y yo aproveché para pedir las alitas...

Él se desarrolló con una confianza nada envidiable. Escogió entre las mujeres la que más le gustó para que nos acompañara en la mesa y allí empezó la cagazón.

---

[18] Alitas de pollo. (Nota del Autor).

Apenas ella se sentó, él le dijo textualmente y a todo pulmón:

—¡Eres muy bonita, ¿por eso te volviste puta?!

Ella llamó a seguridad y cogido de la nuca lo sacaron de ahí.

Me perdí las alitas.

¿Seremos iguales?

Una vez más estoy trabajando; pero ando en la luna, por allá anda el taxi y yo ando por acá. La gente me para y no me doy cuenta hasta que dan unos golpecitos en el taxi para llamar mi atención. Pido disculpas. Me dan la dirección. Sé para dónde voy, pero se me olvidó la dirección que me dieron y tengo que preguntar varias veces. Siempre pidiendo disculpas y aclarando que hoy ando en uno de eso días de *boludencia* mental.

Un cliente me preguntó acerca de la historia del castillo de Vizcaya. Yo sé esa historia, pero solo logré decir:

—Es algo así como el Taj Mahal de la India.

Descubro que no solo mi cabeza, sino que también mi boca se solidariza. Me siento traicionado por mi propia mente porque a pesar de que le doy —según creo— buena alimentación, soy yo el que tiene que dar la cara, que de por sí no es nada agradable.

¿Será que en estos momentos estoy más propenso a la ira? ¿Será que en estos momentos me puedo meter en problemas? Mente, te amo sin entenderte.

Naturaleza

Estoy con problemas de estómago. Hace cuatro días que como, como y como para empujar lo anterior y nada. He tomado de todo y nada. No KK...

Resulta que recojo a una pobre señora (por no decir víctima de los sinsabores que da la vida) en el supermarket. La llevo a su casa y me pide de favor que le ayude a subir las compras a su apartamento que está en el tercer piso. Subí y bajé cuatro veces y ¡bingo!, la naturaleza llama... Le pido que me preste su baño, hago mi necesidad y salgo.

En ese momento entra su hijito, quien andaba jugando por ahí, totalmente desaliñado y sucio. Entonces escucho que ella le grita:

—¡Anda a bañarte, que te apesta el culo más que a un taxista. Usss!

¡Qué pena!

Harta tristeza

No quiero escribir sobre esto, no me siento preparado emocionalmente; pero no quiero perder la fecha. Es un día en que se me va algo muy significativo de mi vida, algo que amo intensamente. Si pudiera le llamaría «alguien». ¿Y por qué no?, lo acepto, no puedo negarlo. ¡Ay... se me aguan los ojos!, solo lo puedo comparar con mi perro, ese amigo fiel que está en lo más profundo de mi corazón.

Con este amigo he vivido parte de las emociones que he compartido con ustedes.

Amigo ciego y mudo...Testigo de mi diario periplo.

Ese amigo al que acabo de abandonar lo cambié por otro, obligadamente. Su tiempo de amistad caducó, aunque él todavía está en perfectas condiciones y dispuesto a lo que sea.

Solo me consuela aquello que dijo mi compatriota Rubén Darío: «Dichoso el árbol, que es apenas sensitivo, y más la piedra dura porque esa ya no siente».

Es mi viejo taxi.

Turistas vemos, mañas no sabemos

Hice una carrera de catorce dólares y me pagaron con un billete de a cien.

—No tengo cambio.

Me salí del taxi y fui al valet parking del hotel destino y me cambiaron el billete. Regreso al taxi, les doy su cambio y nos despedimos muy afectuosamente, solo para darme cuenta media hora después que de la mochila que siempre cargo conmigo me habían sacado la tarjeta de crédito, licencia y todos mis papeles. Lo supe porque al ellos realizar una compra me llegó el reporte al teléfono.

¡Buena!

Hace tres días que no trabajo. No tengo taxi, está chocado. Estoy en preparación de otro y no tengo un peso en la bolsa.

Por fin salgo a trabajar, no llevo dinero para dar cambio por lo que salgo ansioso. Paro en una luz roja, se me acerca un señor de esos que pide dinero en las esquinas. Le digo que no tengo, que me disculpe.

Y él muy molesto me dice:

—Tacaño y envidioso.

Le contesto:

—Tacaño está bien, pero ¿por qué lo de la envidia?

Me dice:

—Porque nunca vas a ser lo que soy yo.

Por curioso

Llego a mi parada. Me pongo a escribir y eso me mantiene ocupado por un buen rato.

Me doy cuenta de que otro taxista me está observando, me pongo a pensar si él se preguntará ¿qué hago que todas las noches estoy parado ahí, con la luz interior del taxi prendida y ocupado?

Se atrevió a averiguarlo por su cuenta y desde su carro vio que boté un papel toalla, que me había pasado por «esa área» limpiándome el sudor. Salgo con pasajeros.

Al día siguiente, me pregunta:

— ¿Qué es lo que haces aquí, que siempre te veo ocupado?

—De todo un poco —le contesto y añado—: Leo, escribo, hablo por teléfono, ¿por qué?

—¡Ahhh, ya me preguntaba yo!... solo espero que hoy sí te hayas bañado.

Cambio de dirección

Me encontré con un tipo feliz. Sí, ¡inmensamente feliz! Lo irradiaba en todo su ser. «Es un chico radiante», pensé. Se le nota el aura de las buenas vibras, el aura de la felicidad.

¡Cómo lo envidio! Porque hace años, pero que muchos años que no me siento así. Recuerdo que aquella vez mis compañeros me vieron y me dijeron:

—Se te ve tan feliz que hasta te bañaste. Te ves nuevo, rejuvenecido, como si hubieras dormido todo un año.

Bueno, pues resulta que mi pasajero me contó que se mudó... que los cambios de dirección son para bien o para mal. Y que en su caso fue bueno... buenísimo. Que en su vecindario su nueva vecina también se acababa de mudar (un día antes que él) y que al verse fue amor a primera vista. Él se mudó de Nueva York y ella de Oregon y concluyó con:

—Los dos amamos Miami.

Pienso que ya somos tres.

Kuwait

En el hotel que doy servicio, esta noche la mayoría de los huéspedes eran muchachos jóvenes, estudiantes que están dispersos por todo Estados Unidos, estudiando cada quien en la universidad que escogieron por la especialidad. Según supe, participan en un programa de gobiernos. Hice buen dinero con ellos.

Ya en camino a casa, terminada la noche, me encontré con una pareja de latinos y les comenté que la ciudad está llena de árabes, y que con ellos como taxista me había ido bien. Se me ocurre preguntarles:

—Cuando ustedes oyen hablar de árabes, ¿a qué huele alrededor?

Yo pensé que me responderían dólares o petróleo.

Pero el hombre gritó:

— ¡A camello!

Y la mujer exclamó:

—¡A chivo!

Por toda la ciudad

Mear es uno de los problemas del taxista y más aun lo otro. Se come menos de lo que se toma, pero los dos son un problema. Cuando los dos se presentan, ¡qué difícil es realizar el más fácil! Porque al intentarlo se te viene el más difícil. ¡Ay, Dios mío! ¿Qué hacer?

Me doy cuenta de que no puedo realizar ninguno, visito las gasolineras de las cuales soy cliente a diario solo para encontrarme que «el baño no está disponible».

¿Hasta cuándo?

Nos lo echamos

Recojo a dos muchachas que me piden que las lleve a buscar a un amigo. Es la una de la mañana cuando llegamos. Veo a un hombre cerrando su negocio de restaurante. Los tres lo estamos esperando y viéndolo en su faena de cierre del local.

—Recuerdo que cuando nos conocimos en el club —le dijo una a la otra mientras miraban al hombre— me dijo que era millonario, que tenía cuatro restaurantes, que uno lo cierra a las diez, el otro a las once, el otro las doce y este a la una.

—Que esté viejo, no me importa, y si tiene plata mejor; pero, claro, con plata y con un bonito look es más placentero, ¿no?

—¡Ay, olvídate de eso! Mira, lo vamos a hacer gastar. Si no responde le ponemos excusas y nos vamos. Pero si nos gusta nos lo echamos.

—Chofer, ¿qué dice usted? ¿Nos lo echamos? —me pregunta una de ellas.

—¿Cómo?

Ante mi expresión parece que se cortó y respondió:

—Perdón, señor, es con mi amiga que estoy hablando. Discúlpeme.

Hazlo por Navidad

Estamos a mediados de diciembre. Fui a renovar mi licencia de taxista a las oficinas de la ciudad que están en el downtown.

Me movilizo en bus, porque no tengo disponible el carro en este momento. Cumplo con lo mío (renové mi licencia) y subo al bus de regreso a casa.

El bus ya partía cuando alguien dio toques en la parte trasera; un pasajero atrasado.

La conductora, una negrita ella, por cortesía abrió la puerta. El hombre le dio las gracias y pidió que, por favor, esperara a otro pasajero que venía corriendo detrás de él. Nos volteamos a ver: un pobre hombre, con dificultades físicas, lucía desesperado por llegar al bus.

—No puedo hacer eso —dijo la conductora—. Tengo la luz verde, debo continuar —y arrancó.

—¡Hazlo por Navidad! —gritó alguien desde atrás y la chispa prendió el entusiasmo de todos los pasajeros, que pedimos a gritos y al unísono:

—Do it please!

Ella accedió. Abrió otra vez la puerta con una sonrisa de ternura dibujada en el rostro.

Todos aplaudimos. Algunos nos salimos del bus para animar al señor que venía a menos de media de cuadra, dándole a todo lo que podía; unas cuatro millas por hora, según calculé.

A cada paso que daba, con cara de angustia levantaba los brazos como implorando que lo esperasen.

—¡Hurry, dale! —le gritábamos todos y dábamos palmadas.

Nos separamos en dos columnas y le abrimos el paso libre para que abordara. El señor en cuestión llegó. Para sorpresa nuestra pasó «a toda velocidad» entre nosotros. No quería el bus.

Yo salvé la cumbre

Por segundo día consecutivo la celebración de la Cumbre de las Américas en Miami era la causante del bajón sin precedentes del negocio de los taxis. Todas las personas envueltas en el asunto ya tenían su transporte establecido por la magnífica organización de los encargados (van para ellos mis felicitaciones por tan excelente labor). Los miamenses no salieron a pachanguear por los consabidos problemas que se pudieran presentar. Seguridad por todos lados, a la espera de que algún resentido o molesto con la magna celebración se manifestara con violencia, porque motivos o razones siempre se encuentran cuando se quiere.

Pero gracias a la masiva seguridad todo estaba saliendo bien hasta que el sábado 10 de diciembre, a las 3: 10 p.m. esperaba, mientras leía *The Miami Herald*, a que se presentara algún cliente requiriendo mis servicios de taxista. Recuerdo que mientras esperaba releía un importantísimo artículo acerca de los temas y programación de la cumbre a desarrollarse ese mismo día en el Palacio de Vizcaya. Al terminar de leer pensé que gracias a Dios todavía no había sucedido nada que lamentar, y ojalá que nada sucediera, porque de suceder cualquier cosa me gustaría estar ahí en ese momento para defender la cumbre y defender a mi querida ciudad de Miami.

A punto de abandonar el taxi stand del hotel donde me encontraba, ya aburrido de tanta espera, se presentó un pasajero como caído del cielo, pues francamente no lo vi venir por ningún lado. Se presentó tan de repente que hasta me asustó; los dos reímos y una vez acomodados cada quien en su respectivo asiento me ordenó:

—Al Palacio de Vizcaya, por favor.

Pude ver de reojo en su solapa una tarjeta de identificación con la palabra «Summit» y el emblema que la distingue. «Si no es policía o agente secreto será periodista», pensé. Como buen taxista dispuesto a dar lo mejor de Miami, recurrí a mi extra preparada amabilidad y educación y la brindé a tan ilustre pasajero.

En esos días de celebración, a cada pasajero en mi taxi, tuviera o no tuviera que ver con la Cumbre, lo convertía en todo un presidente y para la ocasión me gasté dinero adicional (que tanta falta me hace) en tapetes rojos como alfombras, otro tanto en lociones finas para mí y un riquísimo ambientador para el taxi. Más brillo del que le saqué a la pintura no fue posible, porque de haber insistido la hubiera echado a perder.

Apenas arranqué hacia el consabido destino, comenzó a preocuparme la idea de que al llegar todo habría concluido. Me atreví a preguntar:

—¿No cree usted que va un poco tarde? Porque según leí en el periódico más o menos a estas horas se acaba la reunión.

A lo que él contestó tajante:

—¡No! Voy a llegar a tiempo, justo a tiempo.

—¿Y si no nos dejan pasar? —insistí.

—Para eso llevo esto —y me enseñó un pequeño paraguas y un mediano maletín.

Yo reí ingenuamente, pues se me ocurrió pensar que al que no nos dejara pasar lo cogería a paraguazos, pero vagamente dentro de mí algo me decía: «Lluvia no había ni para receta, pero bueno».

En el trayecto me indicó por dónde ir. Me guiaba a la perfección y a la misma vez me preguntaba cosas como:

—¿Alguna vez has tenido clientes locos?

—A lo mejor —respondí sonriente, pero no me he dado cuenta.

—Te lo pregunto para que no te alarmes —y con gesto de manos aseveró—: porque yo sí estoy totalmente loco. ¿Tú sabes que me han enviado para cubrir la Cumbre en contra de mi voluntad? Estoy aquí desde el jueves y todavía no he movido un dedo hasta este momento, pero ahora voy a hacer que me cubran a mí —yo me volteé para ver el paraguas.

«¡Dios mío, ¿será un arma de asalto?! ¡No, no puede ser!, son imaginaciones mías». El señor estaba poniendo a prueba mis nervios y sonreí mientras lo observaba por el espejo retrovisor. En ese momento lo vi bien, definitivamente el hombre tenía cara de loco. «¡No, no puede ser!, son imaginaciones mías».

—¡Apaga el radio! —me ordenó.

Yo apagué la música y bajé un poco el volumen del radio despachador con que cuentan los taxis.

—¿Has visto algunas vez chocar dos carros de frente?

—No —respondí.

—No sabes lo que te has perdido. ¡Ojalá y algún día tengas la oportunidad!

Yo fruncí el entrecejo y seguí escuchando.

—¿Viste por la televisión el descarrilamiento de trenes? ¿Y el incendio de un crucero en las costas de Somalia? ¿Y de los aviones que últimamente se han caído llenos de gente? ¿Las madres matando a sus propios hijos? ¿Los crímenes por droga, por prostitución o por dinero? La corrupción en general es divertida. ¿No te parece? ¡Ja, ja, ja! ¡Este mundo está loco, más loco que yo! ¡Ja,ja, ja!

«¡Madre santa!, este no solo está loco, sino que también puede ser un delincuente sumamente peligroso», pensé. «¿O solo está bromeando? ¡Vaya bromita!», y reí con él.

El hombre prosiguió:

—¿Tú sabes qué? Tú me caes bien y quiero que seas mi partner en esta misión.

En ese momento llegamos a una luz roja. Giré el rostro para enfrentarlo cara a cara y, a pesar de mi preocupación al verlo sudoroso y con uno de sus ojos sucios, le obsequié una solitaria servilleta que andaba por ahí. Primero se sopló la nariz, luego con la misma servilleta se secó la frente y removió la suciedad del ojo antes de darme las gracias. «Ahora sí que la *cantié*[19]», me dije a mí mismo. «¡Primero me va mal en el negocio y ahora esto! Espero que todo sea lo que he pensado hasta ahora... una broma». Llegamos a Brickell y la 26 Road, donde se encontraba tremendo contingente de patrullas de la policía.

---

[19] «Ahora sí que la cantié» es una expresión popular usada en Nicaragua para expresar un momento de mala suerte. (Nota del Autor).

Mi cliente se identificó como todo señor educado y controlado. Nos mandaron por la US1 y en la 17 avenida a hacer izquierda. En ese trayecto me preguntó si yo estaba con él o en contra. Yo le contesté que me dejara pensarlo y me carcajeé insistentemente, confiado en que el hombre estaba jugando. Él respetó mi decisión y no pronunció palabra alguna hasta que llegamos al South Bay Shore Drive y la 17 avenida. Al llegar ahí me emocioné nuevamente al ver tremendo espectáculo. Había alrededor de 500 patrulleros, más agentes del FBI y qué sé yo cuánta gente de seguridad. Todos armados con pistolas de distintos calibres y armamento de alto poder, además de radios portátiles en mano.

Mi ilustre pasajero presentó su identificación. Uno de los policías ordenó, gritándome pero sin verme, que apagara el motor y que permaneciera sentado. Otro agente, con un detector muy especial —supongo— rondó el taxi, abrió la puerta de mi station wagoon y la volvió a cerrrar.

—¡Siga! —me ordenó.

Arranqué nuevamente. Nos desplazamos a tres millas por hora con luz intermitente. Era la misma calle que tan solo dos días antes había recorrido a velocidad normal en paraje solitario; pero ahora era diferente, la vigilancia extrema, motocicletas patrulleras iban y venían a ambos lados del taxi, agentes a caballo y otros cruzando a pie delante y detrás de mí. Yo había recuperado totalmente la confianza, pues con un ambiente así, donde hay que aguantar hasta el suspiro, ni siquiera una inocente paloma se atrevería a portarse mal; pero mi cliente, lejos de lo que yo pensaba, era precisamente una de esas valientes palomas de las que vuelan muy alto. En medio de tanta tensión por la que yo atravesaba, me volvió a preguntar:

—¿Y qué decidiste?

—¿Y qué decidí de qué? —le respondí yo.

En ese momento tomó su paraguas, apuntando hacia mi persona, y repitió:

—¡¿Estás conmigo o en contra?!

Al escuchar aquello sentí que me tembló el estómago, pero la masiva presencia policial me dio otra vez valor.

—¿Estás hablando en serio? —pregunté nerviosamente.

—Nunca antes había hablado tan en serio como ahora —respondió.

Volteé a verlo, directamente a los ojos, pude ver el mismísimo infierno dentro de ellos. Yo sabía que en el taxi no quedaban servilletas y que nunca en la vida he cargado papel higiénico, pero con la mirada desesperada lo busqué. A mi mente corrió el espectáculo de sangre de personas inocentes, víctimas de un demente.

—OK —respondí resuelto— ¿cuál es el plan?

—Quiero matar a uno de eso presidenticos, ¡a cualquiera! Antes de que sigan firmando tratados de libre comercio. El libre comercio es ambición de dinero y poder y esa será la destrucción el mundo... lo van a dejar como naranja chupada. Nos vamos a comer la gallina de los huevos de oro...

Traté de convencerlo de que cada tratado conlleva sus leyes y dentro de esas leyes sus cláusulas, que se derivan a modo de condición a la explotación de las riquezas. Lo que se está tratando de lograr es precisamente evitar la explotación desmesurada, criminal e irresponsable de los bienes que la misma naturaleza nos da... porque ya las mariposas, los pájaros y ni siquiera el mismo viento encuentra dónde germinar el futuro, porque ya el hombre se está dando cuenta de que poco a poco queda menos tierra fértil, de que el ambiente cada día es más nocivo y eso hay que arreglarlo, de que ya no habrá más poderosos sin retribuirle al César lo que es del César, en ese caso, la tierra del futuro... y que las ganancias de hoy se utilizarán para el desarrollo educativo y alimenticio de las generaciones venideras, que la salubridad será repartida a partes iguales y que este es un derecho que tenemos todos los habitantes de este planeta. También que todo esto se está haciendo para evitar el sufrimiento y la mortalidad de nuestra infancia por falta de desarrollo generalizado y por último le juré y le garanticé que ya no habrá más hambre en el mundo y pa-ra-pa-pa...

Él me interrumpió:

—Suenan bonitas tus palabras, pero no son suficientes, porque América no está sola, ¿qué van a aportar los otros continentes? NADA, nosotros vamos a producir y ellos se van a aprovechar de nuestro esfuerzo. Ellos también debían tener su cumbre paralela, y así sí estaríamos hablando de mejorar el mundo.

Descubrí que lo había interesado en la discusión para ganar tiempo, pero no pude descartar que el hombre tuviera algo de razón y estaba a punto de convencerme; una vez más era mi turno. Le dije que la Cumbre, como su mismo nombre lo decía, era solo para las Américas, y que si razonaba así, ¿por qué quería hacer lo que quería hacer?

—Tu acto no va a cambiar las cosas. Si tú y yo somos víctimas o victimarios del asunto por estar en pro o en contra... ¿Qué vas a ganar si logras tu objetivo?

—Voy a lograr cambiar las cosas y lo voy a hacer ahora. Tú te quedaras aquí para contarlo —me aseguró.

—¡No, no hagas cosas innecesarias! —le pedí—. Si lo que quieres es matar a alguien, ¡mátame a mí! Si lo quieres es fama, matándome a mí lo conseguirás. Aquí estamos en el lugar y a la hora precisa. Quién sabe cuántas cámaras televisivas estarán filmando este recorrido en este momento, te aseguro que saldremos al aire inmediatamente.

Esto lo dije preocupado, pensando en mi familia, pero por Miami y las Américas valía el sacrificio. Él, fuera de sí, ripostó:

—Sí, saldría al aire, pero como reformista, ambientalista o ecologista y yo no soy nada de eso. ¡YO SOY LOCO!...

—¡Bueno, pues pégate un tiro y acaba con tu locura! —le ordené encolerizado, bajo la mirada extraña de todos los oficiales presentes que nos miraban pasar. Llegamos a la puerta principal del Palacio de Vizcaya, tuve la intención de salir corriendo, pero no sentía mis piernas. Entonces, con un rostro crucificado, trataba de enviar el mensaje a un agente policial que me observaba, pero en ese momento otra persona llamó su atención.

Cada vez que un agente se nos acercaba, el hombre hablaba con él sin darme chance a pedir ayuda; pero aprovechando la última oportunidad, mientras él se identificaba por última vez, me acordé —no sé cómo— de que tenía en la guantera del taxi un marcador de color rojo. Lo tomé precavidamente, me lo pasé a la mano izquierda y con él, de manera muy incómoda, garabateé en la parte de afuera de la puerta: «HELP!» al revés y patas para arriba. Alguien me vio hacerlo y acto seguido nos rodearon. Sin pensarlo dos veces tomé el paraguas que descansaba en el asiento derecho al lado mío, lo lancé a la calle y sin herir a nadie se disparó...

El disparo me hizo despertar bruscamente. Me había quedado dormido con el periódico en la mano en el taxi stand del Dupont Plaza Hotel, esperando pasajero.

Pisacola

Cansado de los pisacolas hoy reventé con uno en particular, pues se salió de lo tolerable y le di ¡un susto madre! que creo que después del incidente habrá ido a su casa a cambiarse el pamper.

Resulta que este estaba pegadito atrás de mí, pitando y pitando insistentemente, haciendo cambios de luces. Y por más que yo aceleraba para que él buscara otra línea, se me pegaba aun más.

Fue tanta su provocación que, para colmo, se atrasaba y luego se dejaba venir a altísima velocidad como para embestirme. A la cuarta vez que lo hizo, de un solo guapetazo, aplique el brake[20] e inmediatamente lo solté.

¡Ay, papá!, del brekazo que dio casi pierde el control, si no hubiera sido por la pared del expreso se habría salido.

Me dejó en paz.

---

[20] Freno. (Nota del Autor).

¿Qué será?

Cuando las cuatro muchachas latinas abordaron el taxi, escuché la pregunta del momento entre ellas.

—Y entonces, ¿qué se hizo tu tío Cheto?

—Se fue para Arabia Saudita, dice que a trabajar con un árabe millonario.

—¿Ah sí, y qué hace el árabe?¿Qué tiene?

—Solo he oído decir que el árabe tiene un hoyo, que cuando sale lo que sale de ahí es negro.

—¡El culo! —gritó la otra.

Sí que nos carcajeamos. Y entre carcajadas le aclaró:

—No mujer, pozos petroleros.

Yo pago el ticket

En el taxi se nos presentan clientes difíciles de complacer. Por su apuro te piden que te subas a la cuneta o que te pases una luz roja, que luego ellos pagan el ticket.

Les tengo que explicar que el ticket es lo de menos, lo que me importa a mí es mi record y que además ellos son mi responsabilidad.

Me dejan en paz.

Mi Cristo

¡A veces el taxi es tan estresante!, sobre todo cuando no hay trabajo. Me siento como la canción del Jíbarito, que salgo loco de contento con mi cargamento para la ciudad. Y mi yegua (taxi) va feliz, pero nada pasa.

Es allí, en esos momentos, cuando me siento vulnerable a las situaciones de la calle, porque la calle es la calle, me siento víctima de la circunstancia, cualquiera se aparece y me ofrece dinero por hacer algo indebido. Pero vuelvo a ver a mi Cristo colgado en el espejo retrovisor y siento su fuerza; aunque otras veces sienta su abandono.

¿De ochenta?

Una vieja, por no decir una honorable señora de unos ochenta años, se montó al taxi. «¿Y esta vieja parrandera? ¿No se supone que ya debería estar rezando el rosario arrepintiéndose de sus pecados?».

Bueno, me contagié con su juvenil entusiasmo, porque al calor de los tragos la vieja era... toda una muchacha. Alegre, feliz, contenta, irradiaba el vacilón de la noche.

Festivamente partimos a su destino. Al llegar al primer semáforo con luz roja, se detuvo a mi lado derecho un Ferrari y, a tono de broma, por la alegría de la señora, le pedí que le preguntara al conductor del Ferrari si quería competir.

Por la alegría de ella yo esperaba que dijera «OK», pero con voz de autoridad, casi perdiendo el cassette de los dientes, me grita:

—Are you crazy mother fucker?

Profesión equivocada

Somos muchos taxistas que todavía no aprendemos la naturaleza del trabajo.

Todo aquel que te para es para darte dinero por tu servicio, pero para algunos taxistas depende de qué tan lejos va el pasajero, ¡y que Dios proteja al pasajero de esos taxistas!, que no solo rechazan al que va a la vuelta de la esquina, sino que también lo putean.

Cuando yo los recojo, después de haber sido rechazados, se quejan conmigo y por gratitud, por una carrera de cinco dólares, me dan veinte.

Es bueno para mí, pero aun así no estoy de acuerdo, porque no es bueno para la industria, porque luego aparecemos en los diarios como toscos taxistas.

Slim jim

Por las cosas de la vida, algunos conductores en apuros olvidan sacar la llave del carro. Hasta oficiales de policía me han parado para preguntarme si tengo un slim jim[21].

El que lo necesita ofrece pagar cuarenta dólares, porque sabe que si llama al cerrajero, a esas alturas de la noche, le va a salir carísimo.

Decidí comprarme uno. Pasaron los años, nunca lo usé ni tampoco nadie lo necesitó.

Me tocó cambiar el carro y, pasando los enseres del viejo al nuevo, vi el pedazo de lata y me causó extrañeza. ¿Y esta mierda qué es? ¿A quién se le habrá olvidado? ¿Y para qué servirá?

Hasta hoy, que escuché por la radio que alguien necesitaba uno. Ofrecía pagar la carrera desde donde el taxi estuviera hasta donde él estaba en Aventura, y yo trabajo en el downtown, ¡esa carrera son cincuenta dólares! Corrí al trunk[22] a buscar el mío... solo para recordar que tuve uno y lo boté. ¡Ay...!

---

[21] Slim jim es una herramienta para abrir autos con seguros puestos.

[22] Baúl del auto. (Notas del Autor).

¿Indirecta?

Llevo a una señora a su casa y, por así decirlo, está *tragueada* casi a plenitud. Me dirijo a uno de esos vecindarios que aquí se les llaman «exclusivos». A mi criterio los que viven en esos barrios saben lo que hacen, puesto que todo lo analizan bien, sin decir borracheras, pero como el alcohol es el alcohol...

Son las dos y pico de la mañana, llego a mi destino. Me paga, me da una suculenta propina y me pregunta:

— ¿Y ahora?... ¿Qué vas hacer? ¿Vas para tu casa? ¿Vives cerca?

Momentáneamente nos quedamos mirando, me dice:

—¿Tienes tiempo?

Suelto el brake... Inmediatamente lo vuelvo a apretar.

—NEVER MAIN.

Noche de super bowl

Noche de super bowl en Miami. Se dispara el negocio por todos lados, por la cantidad de gente que nos visita para la ocasión. Las sexo-servidoras también se disparan.

Los hoteles no tienen ni siquiera un rinconcito más. Los edificios de apartamentos aprovechan rentando, al que pueda pagar, por unos días lo que cobrarían por un mes. Los moteles hacen su agosto, porque la gente lo único que necesita es B.B (bath and bed) además de que no hay choice.

Resultado: no hay dónde «hacer eso».

Estoy en South Beach, atascado en el tráfico como si estuviera en un parqueo. Miro para todos lados, buscando lo mío. Veo a un millón de gente y entre ellas a una pareja que me mira a cada rato mientras habla.

Se dirigen hacia mí con ese tipo de confianza que necesitan demostrar, no me preguntan si estoy disponible, solo entran al taxi y escucho que él le dice:

—¿ Se lo dices tú o se lo digo yo?

—Déjame a mí —responde ella—. ¿Cómo está mi querido chofer?

Con carita de que algo quiere me ofrece cien dólares y los acepto. Luego me explica que:

—En estos momentos no hay dónde rentar y lo que él quiere es un trabajo sangriento.[23]

Me piden que les busque un motel.

Empiezo en mi rebusca para complacerlos y nada de nada. No encuentro un solo cuarto disponible y de tanto andar y andar me acuerdo de uno que está fuera de la ciudad de Miami, aceptan y partimos para allá.

Por la distancia y el tiempo requerido para llegar pasó poco más de media hora, solo que una vez cumplida la misión, ella me dice:

—Ya no es necesario, regresemos.

---

[23] Sexo oral. (Nota del Autor).

Momentos inolvidables

Así como en la vida hay momentos muy amargos, también los hay muy dulces y ese es el punto aquí.

Cuando uno anda de buen humor y se encuentra con pasajeros que por la programación musical de la radio dicen:

—You are in a good move, I like it... [24]

Con eso basta para rebosar de contento y por cada melodía si no me la sé la tarareo y si me la sé les pido: «Lets go for it». Ese momento se vive solo con familiares o amigos; pero en el taxi todos somos desconocidos, aunque por el gusto y el poder de la música pasamos momentos inolvidables.

Al llegar a nuestro destino me dicen:

—¡Ay, qué lástima! Ojalá y fuéramos más lejos.

Salgo de ahí, con muy buena propina y ya solo. Apago el radio, regreso a la cinta mental y no puedo evitar una sonrisa de satisfacción.

---

[24] Estás en buena movida musical, me gusta. (Nota del Autor).

Brrrrr

Estamos en marzo, en pleno spring break e inusualmente hace frío. Para nosotros acá en Miami es *congelante*. Me tocó llevar a unos esquimales modernos, vestidos a la moda, con ropa de verano. Me piden que les ponga el aire. ¡Ay, Dios!, por cortesía tengo que ceder.

De ahí para allá fue un sufrimiento para mí. Todo mi cuerpo titiritando. No podía controlar correctamente la dirección del taxi, por el temblor en mis brazos y en mis manos. El taxi zigzagueaba de un lado al otro.

Me preguntaron que si me sentía bien y como pude les dije:

— Meee mueeero del frío.

—¡Oh, disculpa!, apágalo. Es que vinimos de Canadá y vivimos en la parte más al norte, allá cerca del Círculo Ártico.

¡Dios, qué alivio! Hasta entonces sentí el peso de mi cuerpo descansar en el asiento.

Misma causa

Estamos en pleno Ultra Music Festival y ya entrada la noche no hay taxi disponible. Tenemos un millón de turistas y solo somos unos pocos miles de taxis y no todos trabajan. La situación obliga a una buena parte de esos visitantes a caminar hacia sus hoteles y cargarse el uno al otro a cual más borracho.

Una pareja de muchachas me pide que las lleve a su hotel, pero yo no puedo pues estoy ocupado. Aprovecho y les pregunto a qué hotel van y por mi experiencia de taxista adivino. ¡Están caminando en dirección equivocada!

Cargada y cargador cayeron al piso frustradas. Sigo y pienso que es muy bonito ver a una muchacha, visiblemente bajo la influencia de lo que sea, cargando en su lomo a su amiga, que está peor que ella.

Forrest Gump?

¿Prejuicios?

Suben al taxi dos muchachos que, según la plática que escucho están sin trabajo.

—Yo conseguí un trabajo como delivery hace dos días —dice uno— pero lo dejé.

— ¿Qué pasó? —preguntó el otro.

—Es que, fíjate, hice mi primer delivery[25] y cuando llegué al restaurante donde llevaba las tortillas no encontré al jefe, solo estaba un niño que gritó:

—¡Papá, aquí te buscan! Es el tortillero.

---

[25] Repartidor. (Nota del Autor).

Levanto las cejas

—Por favor, lléveme a esta dirección.

Así como huele el barbecue a distancia, también huele el alcohol.

—Hoy me he convertido en un demonio. Bueno, eso es lo que mi mujer me dice todos los días; pero es que, hermano, para la jodedera no hay Dios que valga, seamos honestos. Voy a visitar a una seguidora...

Entonces me dio una tarjeta.

—Por si necesitas escuchar la palabra de Dios. Soy pastor.

Póngale el título usted

Un tipo pesado, de esos que se dan a odiar inmediatamente, fijándose en mi licencia de taxista me dice:

— Juan, ¿latino... ah?

—Y orgulloso —le contesto.

—Congratulation, my friend, latinos como tú hacen posible mi vivir. Tengo mi empresa de limpieza de patios y todos mis empleados son latinos, trabajan duro como bestias. Yo los prefiero recién llegados porque dan el máximo. Son buenos trabajadores, pero lo más importante para mí es que son estúpidos. You guys have not skill...[26] Acabo de encontrar uno más listo; pero no por eso es inteligente. Lo nombré mi administrador y cada centavo está en mi banco. Jajaja...I love you guys...Tú, como taxista, significa que no eres brillante.

Mi turno:

—Mi amigo, ¿qué tú sabes de la vida? ¿Qué estudios tienes?

---

[26] Ustedes no tienen habilidades. (Nota del Autor).

—Ninguno, y de la vida solo sé que ustedes me la hacen posible. Mientras yo juego con mis bolas tomando cerveza en mi casa, ustedes se matan por mí. Arriesgan sus vidas en la frontera por ser nuestros esclavos.

Estoy que reviento, pero por proteger a sus empleados I give up.

¿Qué puedo hacer?

Un par de viejas de más de sesenta años le pregunta al concierge del hotel por Gloria Estefan Restaurant... a Cuban Restaurant.

Estoy seguro de que el concierge en el momento de la pregunta estaba picando lo que el pollo:

—A Cuban Restaurant? Yes, go to a Little Havana.

Salieron de allí, pidieron un taxi y me tocó a mí.

Me dicen que las lleve al Little Havana Restaurant. Ese lugar está a 127 Street y Biscayne Boulevard en la ciudad de Miami, al llegar allá con veintitantos dólares marcando el taxímetro, me preguntan:

—¿Está seguro que este es el restaurante de Gloria Estefan?

—No que yo sepa —sorprendido por la pregunta.

—Bueno, nosotras queremos ir a ese restaurante.

—Eso queda en South Beach...

—Ok, vamos allá.

Llegamos allá con sesenta y pico de dólares en el taxímetro; pero me pagan solo veinticinco porque esa cantidad fue la que ellas pagaron ayer en otro taxi, al venir del downtown a South Beach.

No me voy a poner a discutir con señoras de la tercera edad. ¿Qué puedo hacer?

¿Comportamiento?

Tres gringas se montan en el taxi para a buscar a una cuarta. Cuando esta llega al taxi les dice:

—Espérenme unos minutos más...

Esperamos casi media hora. Se aparece y nos vamos.

No estoy seguro de si entendí bien. Según escuché, ella dijo a sus amigas que por alguna razón antes de salir a parrandear tenía que tener sexo.

Una de sus amigas le preguntó:

—How come?

Ella contestó:

—La razón es que si esta noche me voy a volver loca de tanto tomar quiero evitar ser un desastre, porque si no mañana me arrepiento de lo que hice... es por mi apellido.

No sé de quién se trata.

Victoria

Victoria es la acompañante de un muchacho que la consuela en el taxi, pues ella viene partida en llanto.

Él le dice:

—Victoria, tú eres fuerte —y a cada llanto le repetía lo mismo. Por último la sacudió fuertemente y le volvió a repetir—: Victoria, tú eres fuerte.

Ella se le acurrucó suavemente en uno de sus hombros y le dijo entre sollozos:

—Yo sé que soy fuerte, por eso estoy llorando.

Casi me carcajeo al escuchar aquello. Me quedo mirando por el retrovisor y noto que él me está observando, me guiña un ojo, levanta las cejas intermitentemente y luego dirige la vista hacia ambos una y otra vez.

Estoy seguro de que van a pasar un spring break victorioso.

¿Idiay, y entonces?

— Ay, señor, yo soy una loca. Trabajo aquí en este bar y hago cosas que no debo, pero la necesidad me obliga —me dijo una mujer con varios tragos entre pecho y espalda.

— Mi amor, andá a la Iglesia que la oración cambia las cosas —le sugerí.

—Si usted supiera cómo le he pedido al señor, pero como que no me escucha ¡mire!, sigo en lo mismo.

— ¿Idiay, y entonces?

Sueño americano

Una pareja de novios. 1ro de enero, 2:17 a.m.

Él, recién llegado de su país según me dijo .Ella, con unos meses antes que él, los dos ilegales.

Él trabaja lavando carros y ella limpia casas.

Él le viene prometiendo todo el universo y me van preguntando cosas de este país.

Un ejemplo clásico de inmigrante recién llegado.

—Señor, ¿qué podemos hacer para legalizarnos?

—Trabajar duro —le digo yo y añado—: que por la plata baila el perro.

Pasamos por un puesto de hamburguesas repleto de gente, todos gringos, hambrientos después del juego del Orange Bowl. La fila es como para entrar a una discoteca, pero nunca a una iglesia.

El muchacho ve eso y también ve la oportunidad. Le dice a la muchacha:

—Mi amor, ¿puedes o quieres sacrificarte hoy, ahora mismo? Y mañana, te lo juro, la pasaremos mejor que hoy.

No esperó respuesta.

—Taxista, ¿usted sabe de algún supermarket que abra veinticuatro horas?

—Sí —le respondí y fuimos para allá.

Compró todos los hot dog en inventario, un pequeño asador portátil, varias cajas de soda de esas baratas, hielo, un container, más pan, más ketchup, más mostaza. Regresamos. Quise acompañarlo en su faena, pero otro cliente necesitó de mis servicios.

Regresé casi dos horas después para ver cómo le iba, ya no estaban. Solo vi lo incorrecto: container, pedazos de pan, latas vacías, el reguero de basura que su venta provocó. Aun así lo felicité —de pensamiento— porque estoy seguro de que en esa hora y media, o menos tiempo, hizo más dinero de lo que hacen entre los dos en una semana de trabajo.

Ser emprendedor tiene sus ventajas.

El equipo de Notre Dame perdió... pero él le apostó al ganador.

¡Felicitaciones, porque yo también gané!

YES!

Yes!

En South Beach recojo a un señor que viene para su hotel en el downtown y me dice:

—Por favor, llévame a mi hotel, pero lo más rápido que puedas. ¡Vuela!, que tengo una urgencia...Te voy a dar buena propina.

Arranco como un loco, zigzagueo en la carretera superando los obstáculos y arriesgándome a coger un ticket. ¡Prácticamente vuelo!, que fue lo que él me pidió.

Llegamos, el taxímetro marca $10.90. Se sale del taxi, se me para a la par y con desprecio me tira en el asiento, según él, once dólares y me dice:

—No te voy a dar nada de propina, porque casi me matas.

Salgo de allí sorprendido. Recojo el dinero. Lo estiro y... ¡un billete de diez y un billete de cien!

YES!

Vaselina

Cansado de dar vueltas regreso a mi taxi stand. Mientras descanso observo cómo un policía está estratégicamente situado (cazando), al acecho de que los conductores se pasen la luz roja intermitente de la intersección. Ya lleva cuatro en la lista desde que yo llegué.

Me llama la atención que este policía es cortés, antes de poner el ticket les ofrece disculpas a los conductores y les explica que él tiene que cumplir con su trabajo. El infractor lo comprende, sonríe, acepta el ticket, lo firma, le da las gracias y se despide con un apretón de manos.

Es algo así como... con vaselina, ¿no?

Otro país

Una vez más me encuentro con esta expresión.

Nuestros visitantes del interior del país se quedan sorprendidos ante la cultura nuestra, la amabilidad, la atención, la música, el idioma (más español que inglés), el ambiente alegre las veinticuatro horas de los siete días de la semana. Como reciben tanto y diferente a lo que ellos están acostumbrados, dicen:

—¡Wau, nunca esperé esto de Miami, me siento en otro país!

Concluyo que Miami es la ciudad de Latinoamérica «más cerca» de los Estados Unidos.

¡Ay, Dios!

Trabajar de noche en el taxi es divertido; sobre todo el fin de semana, por las ocurrencias de los pasajeros.

Muchos están ya pasados de tragos. Todo marcha bien hasta que uno de ellos se vomita dentro del taxi. ¡Ay, Dios!

Cuando eso sucede se nos echa a perder la noche de trabajo. La peste es insoportable y, por más que lo limpies, por más lociones que eches, siempre se siente.

El olor persiste, pasa el tiempo, hasta tres meses y todavía está ahí, y peor porque al secar aquello que se escondió dentro de los recovecos del taxi, emana lo desagradable que ya nosotros los taxistas por el tiempo transcurrido olvidamos.

Los nuevos clientes te hacen recordar cuando dicen:

—¿Tú estás bien? ¡¿La pasaste bien anoche aaah?! Todavía se siente la parranda aquí adentro.

Uno no sabe cómo defenderse, porque por donde le busques para dar razones, los nuevos clientes dudan del taxista.

Regaño

En el taxi llevo a tres mujeres que hablan de finanzas. Escucho a una de ellas decir:

—Tuve que cambiar de banco, pero tampoco estoy feliz. Creo que me voy a cruzar al WACHOVIA.

Al escuchar aquello exclamé para corregir a la señora en su pronunciación:

—¡WACOVIA!

Una de ellas se sintió mal y expresó:

—¡Qué feo que el taxista se inmiscuya en nuestra plática!

Todavía no aprendo cuando debo y cuando no, abrir el hocico.

Entre ellas

Cuatro muchachas afroamericanas paran el taxi. Dos de ellas entran impetuosamente, las dos que quedan afuera exclaman:

—¡Hey, nosotras paramos el taxi!

Una de las pasajeras le responde:

—You have to know how to grab a cab, bitch.[27]

Ya puestos en camino la otra le hace la fiesta, diciéndole:

—Damn girl, you are good.[28]

---

[27]Tienes que saber cómo coger un taxi, zorra. (Notas del Autor).

[28] Maldita, tú sí que eres buena.

¿Qué pensar?

Hace un tiempo atrás que estoy con este proyecto, mi libro. Y mientras escribo en mi casa me llama por teléfono un colega y me pide por favor un préstamo de 500 dólares para arreglar su taxi, que se le ha dañado.

Pienso en mis finanzas y acepto ayudarlo.

Por la noche se aparece en su carro particular donde yo estoy parqueado, anda acompañado con un amigo y desde su carro grita para que yo escuche; pero dirigiéndose a él:

—Este baboso dice que va a publicar un libro. Jajaja, él piensa que va a tener fama y plata. Jajaja.

El otro grita:

—¡Por la cara que tiene ya me imagino las idioteces que escribe!

Incomprensible

—Llévame a Macy's —me pide una señora— al que está cerca, acá en el downtown.

Poco tiempo después llegamos y el taxímetro marca cuatro dólares.

—Espérame aquí —me ordena.

—No puedo, por el tráfico y la policía.

—Pega la vuelta y aquí te veo, solo vengo a comprar algunas cositas.

—No puedo esperarla, señora. Disculpe, tampoco puedo ir a dar vueltas hasta que usted aparezca. Así no funciona el taxi... pero si usted me da por lo menos veinte dólares, yo sí puedo ir a dar vueltas hasta que nos veamos o hasta donde llegue esa cantidad de dinero.

—¿Qué? ¿Vos estás loco? ¿Veinte dólares, vos estás loco? En mi país eso es lo que yo le pago a mi chofer en la semana.

—Bien, mi querida señora, pero usted no está en su país, ni yo en su nómina.

—¡Yo no soy querida suya ni de nadie!

—Está bien, señora, discúlpeme. Págueme lo que me debe, me debía cuatro dólares, ahora me debe cinco por el tiempo que lleva usted hablando.

Me tira cinco dólares y me grita:

—¡Ladrón!

Una vez más

Una vez más la ciudad está en calma como el mar, me siento vagabundear por sus calles y nada sucede.

Miami hoy no tiene bullicio. La ciudad entera duerme, es uno de esos días de soledad y pienso en el título de García Márquez.

Veo a otro taxista en la misma situación, en la rebusca. Comparo mi situación con estar sentado en el muelle, con los pies metidos en las últimas aguas tibias de septiembre. El verano pronto se va para dar paso al otoño.

El mar frente a mis ojos, calladito, quieto igual que la ciudad.

Pienso en el pescador en aguas mansas, ¿le estará yendo igual que a mí?

Pero también pienso que barco varado no gana fletaje. Salgo de mi letargo, saco los pies del agua, arranco motores y sigo navegando en mi rebusca.

Un cura

Recojo a un pasajero que me propone llevarlo a su casa y regresar. Me ofrece cuarenta dólares por una distancia de diez bloques.

Me explica que no tiene dinero y que lo conseguirá en su casa, que de mí depende si acepto o no. Acepto.

Me gustó su sinceridad y accedí.

En el trayecto lo escucho decir por teléfono:

—Dame un cura[29].

Me quedo con las ganas de saber a qué se refiere. No me atrevo a preguntar.

---

[29] Cura es el número 40 en la charada cubana, conocida también como «bolita». (Nota del Autor).

Duermo

26 de noviembre de 2012, 2 a.m.

No ha pasado nada digno de escribir.

No me gusta inventar cosas, se pierde la esencia de lo que vivo y sin nada que hacer rebusco algo que no haya escrito en su momento... No ring my bell.[30]

Sé que pierdo cosas preciosas que quisiera compartir.

Vuelvo a ver el interior del taxi para sentir la presencia de una historia ya pasada. No hay una imagen, ni de un fantasma.

Estas cuatro paredes son mi mundo interior y exterior...

Veo cómo la pizarra poco a poco se va alejando en la distancia. Siento que el agotamiento me vence, recuesto el asiento.

Yo también me alejo de la pizarra hasta que despierte.

Buenas noches.

---

[30] Expresión idiomática inglesa que significa no me suena o no me acuerdo. (Nota del Autor).

Viejo pícaro

Mientras llevo a una señora a su casa me cuenta:

—Ayer me llevó un taxista, ya viejito él, pero de lo más buena gente. Fíjese que cuando llegamos allá no encontré mi carterita donde cargo el dinero, que normalmente la cargo dentro de mi bolso. Entonces le dije: «¡Ay, señor, qué pena me da, no tengo con que pagarle!».Y el viejito pícaro me dijo: «Si tienes con que pagar... lo que pasa es que yo no me puedo cobrar».

No pude llegar

31 de diciembre del 2012. Doce de la noche.

Una vez más el año nuevo me encontró solo en la carretera.

No me dio tiempo a llegar al downtown de Miami para ver los fuegos artificiales. Desde que mi familia decidió perderme la gente que me abraza allí la repone.

Ese calor de cuerpo a cuerpo hace que la sangre circule mejor, porque estamos en Navidad y Año Nuevo.

Ese abrazo es el que fui a buscar, pero no pude llegar.

Mi taxi y yo

Cuando estoy solo manejando por las calles actúo sin darme cuenta, hablo en voz alta como si conversara con alguien o con algún amigo mío.

—Estamos en marzo y tengo frío, primo.

—No nos podemos quejar. Nos ha ido bien, loco.

—Tengo sed y hambre, men.

Y una serie de expresiones similares. Nadie me escucha, supongo que hablo con mi taxi, hasta me lo creo, porque cuando él se queja lo atiendo y siento que me lo agradece, que responde al cariño y por largo rato. Es un auto agradecido.

Sé que amo al mundo entero y me pregunto: «¿Estoy siendo capaz de amar más allá de lo posible?».

Racoon

Estoy parado esperando clientes en Mary Brickell Village (área de diversión). Es domingo, 1: 08 de la mañana.

Un amadísimo racoon[31] trata de cruzar la calle en su búsqueda, no de alcohol sino de lo que el mundo entero necesita: alimento.

Salen cuatro hijos de... su madre, de uno de los establecimientos de parrandas y en su borrachera ven al pobre animal. Entre los cuatro lo acorralan, tratan de jugar fútbol con él y al no poder acertar la patada procuran aplastarlo. Uno de ellos se cuadra para meter el gol; pero como todos tienen los cuatro puntos cardinales movidos, falla. De una certera patada bota a los otros tres y él también cae. El juego se pone a favor del racoon. Cuatro a cero y gana el partido, momento que el animalito, lento de movimiento, aprovecha para escaparse. Desesperado y con mucho esfuerzo se mete en la alcantarilla.

Su refugio... ¿será seguro?

---

[31] Mapache. (Nota del Autor).

Tedioso y abrumado

Cada día que pasa me siento más acorralado, como se deben sentir los pobres animales salvajes en medio de un incendio forestal.

Doy vueltas y vueltas sin escapatoria, a la vez que el mundo da vueltas en su propio eje, más su otra vuelta alrededor del sol, más las otras vueltas que doy dentro de mi casa. Me siento perseguido por el tiempo, los bills, la policía, el hambre, los apuros fisiológicos, los problemas personales, los precios de los comestibles, la gasolina, la salud, los repuestos del taxi y un sinnúmero de cosas y casos que no puedo ignorar.

Todavía peor, me siento observado por los satélites, por los teléfonos, por las computadoras y por último por las cámaras de tráfico. Y como para terminar: hoy está Obama en Miami, él duerme a una cuadra de mí. Normalmente, de noche orino con disimulo fuera del taxi, en la yerba; pero hoy no puedo, tengo que hacerlo dentro del carro en mi pipi bottle... Vigilancia por todos lados.

Por todo esto que me pasa a mí y a todos yo quisiera poder estirar mi cuerpo al espacio exterior y, una vez afuera, estirar el pescuezo hasta más allá en el infinito y a todo pulmón gritar: «¡SÁQUENME DE AQUÍÍÍÍÍÍÍÍÍ!».

Difícil

Difícil de aceptar lo que dice el periódico en grandes titulares: «Miami es la meca del turismo». Según la cuenta nos visitan millones de turistas y cada día va creciendo.

Pero lo difícil de aceptar es que hoy no hay nadie de visita en la ciudad, no se ve, no se siente.

Ni siquiera un gato local se cruza por la calle, y si se cruzara, uno pensaría que es por la mala suerte del día y peor aún si este fuera negro.

Pero cuando la cosa está buena y se te cruza un gato, por más negro que sea, que se cuide porque si no termina como pasto de las ruedas. Ni se nos ocurre ser supersticioso; es más, si se jodió el gato ni nos dimos cuenta.

Temporadas y camaradas

Estamos en plena temporada, tiempo de vacas gordas. A mis camaradas los veo poco, y si nos vemos nos damos un saludo de pasada con un happy face[32]. Es bota y recoge. Si acaso nos reunimos, hablamos muy amistosamente y todo es alegría. Somos carniceros en estos momentos... estamos destazando la vaca.

OK. Termina la temporada. Ahora es tiempo de sobrevivir.

La camaradería quedó atrás. Nos desconocemos, pues es hora del circo romano. A tratar de sobrevivir al león. Nos peleamos por los clientes hasta que la situación comience a mejorar y nos volveremos a saludar, a compartir anécdotas de trabajo rutinario y así sucesivamente se pasan los años.

---

[32] Carita feliz. (Nota del Autor).

Situaciones

Hoy trabajo de día. Llevo a una señora a una finca en Homestead. Llegó a la Florida a visitar a su nieta, quien recientemente se casó con un empresario gringo, hacendado.

Llegamos a la dirección y no estaba correcta, ni el GPS pudo ayudarnos.

—¡Ay, Dios! —exclamó la señora—. ¿Y ahora?

Vimos a un campesino caminar en solitario por la carretera, paro a preguntarle por la dirección, pero la señora me dice:

—¡Ay no, a un campesino no, me dan asco! Siempre están sucios y apestosos.

La volví a ver con ojos de puñales y después de tanto dar vueltas y vueltas y vueltas buscamos al campesino, que resultó ser su yerno y nos llevó a su casa.

Why?

Dos gringas se suben al taxi, una de ellas más borracha que la otra. Me dan su tarjeta de hotel y arranco. Paro las antenas y escucho la conversación.

—¿Qué pasó que te vi tan histérica?

—Él me prometió, desde que lo acepté como novio, que no me iba a defraudar y lo hizo.

—Pero ¿qué pasó? ¿Cómo fue? ¿Qué te hizo para que te pusieras así tan desconocida?

—Déjame contarte que lo acepté como novio con una condición, que no me dejara sola donde saliéramos y lo hizo. Se encontró con unas amigas y se olvidó de la promesa. ¡Lo odio!

—Pero ¿por qué? Esa no es una razón válida. ¿Cuánto tiempo tienen de novios?

—Tres años.

—Probablemente lo hizo porque está confiado en ti y tú en él. Eso fue lo que pasó. Tienes que darle un margen.

—No puedo, él sabe que soy muy celosa.

—Why have you been so Latin?[33]

---

[33] ¿Por qué eres tan latina? (Nota del Autor).

¿Cultura vs. privacidad?

La privacidad gringa es apetecible entre nosotros los latinos. Ellos (los gringos) te respetan. Y ese respeto deriva en cariño, seas lo que seas. Viví entre ellos por un buen rato entre New York, New Jersey y Connecticut y todo bien, cada cual a lo suyo sin importarles la vida privada del vecino.

Pasado ese tiempo regresé a mis raíces latinas en Miami y me encontré rodeado de personas que me tienen mala sangre, pero que juran ser mis amigos. ¿Cultura?...

Identificado

Me encontré con un pasajero que me hizo sentir bien. Me dijo:

—Logré lo que quería, ando celebrando by my self[34], porque solo yo sé lo que hice para lograrlo. I like the way I am feeling. My life have a new meaning. [35]

¡Wow!, yo quiero ser él y la estoy luchando para serlo.

Recordatorio: Miami is a city where yours dreams comes true.[36]

---

[34] By myself: Por mi cuenta. (Notas del Autor)

[35] Me gusta cómo me siento. Mi vida tiene un nuevo sentido.

[36] Miami es la ciudad donde tus sueños se hacen realidad.

True

Quiero escribir pero se me fue el tema. ¿Culpable?

Las pocas veces que observo la belleza de la ciudad mágica en la vastedad de su territorio veo en lo que se ha convertido, en una... Little Apple.

New York. Yo viví allá unos años en los temprano ochentas y ¡cómo lo extraño!, pero amo a Miami, not matter what. Cuando uno ama donde vive... hay progreso.

Clientes latinos

Cuando los turistas son latinos casi siempre hay que prepararse. El cambio de la divisa les consume la mente. La matemática mezclada con el esfuerzo no los deja en paz. Lo que nosotros los taxistas consideramos una carrerita de diez dólares, para ellos son cien o más en su país de origen y para ganar esos cien se sacrificaron. Y por más dólares que hayan traído se les escurren entre los dedos. El taxi lo encuentran carísimo. Reclaman diciéndome:

—Tú no sabes cuántas horas debo trabajar para ganarme solo diez dólares y aquí en tu taxi en diez minutos o menos te los debo.

Les explico que el taxi está catalogado como un artículo de lujo por si no quieres manejar tu carro. Entonces pagas por tu seguridad si es que vas a tomar alcohol. No comprenden porque andan en otras cosas, no en alcohol, y me arman tremendo lío.

Yo entiendo su situación. Son diez dólares que están luchando. Para quitármelos de encima les doy una solución a su favor, para que les cuenten a sus nietos ofrezco lo siguiente:

—No me debes nada.

Aclaración: Todo depende de cómo me sienta y qué voluntarioso esté ese día.

Mascotas

Si alguien le hace un desprecio o rechaza a mi Campeón, que así se llama mi perro, lo mando a la m... aunque fuera el mismísimo presidente, y busco respaldo en el presidente Harry Truman (1945-1953) que dijo: «Si quieres un amigo en Washington consíguete un perro...» Sea cierto que lo haya dicho o no, para mí esas palabras son presidenciales.

A lo que voy: muchos taxistas rechazan llevar un perro en el taxi, algunos argumentan que por la peste, otros que por higiene del taxi, otros que porque no les gustan los animales, pero la verdad es que todo depende de qué tan lejos vaya el cliente (el dueño del perro). Si el pasajero va ahí mismo que se olvide.

La ley exige que es nuestra obligación llevar en el taxi a los clientes ciegos con sus perros guías y aun así los taxistas, al ver a esos clientes, ni les hacen caso.

En cambio, si el cliente va para West Palm Beach puede llevar hasta un puerco y en el camino el taxista hará elogios como este:

—¡Qué bien se porta su chancho, hasta se parece a mí!

Doctoras

Tres cuarentonas del centro del país me dicen que es su primera vez en Miami. Quieren que las lleve a donde se puedan divertir al estilo latino de South Beach porque eso es lo que les han contado a ellas de Miami. Me explican que las lleve a un lugar donde puedan pasarla bien, que haya música de todo tipo incluyendo salsa, donde se pueda comer, ver un show y de ser posible ser parte de él, mucho alcohol pero sobre todo mucha seguridad.

Pienso en Mangos, el café bar restaurant más famoso de la playa. Mientras pienso, añaden:

—Somos doctoras allá en el estado de Montana y entre nosotras tres discutimos dónde ir a divertirnos de verdad; olvidar por un momento nuestras obligaciones, porque no es nada fácil para un médico salir a divertirse a sabiendas de que tenemos una gran responsabilidad con los pacientes en el hospital donde trabajamos.

—No hay problema —y arranco, con la firme convicción de que tengo el lugar correcto a donde llevarlas.

—By the way, ¿qué pasó con Freddy, tu paciente terminal? —preguntó una de ellas.

—Oh, creo que se va a recuperar... Bueno, tengo mis dudas porque hoy está bien y mañana está mejor. ¿Saben qué me dijo?

—¿Qué? —preguntan las dos que están escuchando, y yo también, porque esto no me lo pierdo por nada del mundo. Levanto mi antena al máximo y escucho.

—El jueves pasado llegué diez minutos tarde por la nieve, un día de esos horrible. Fui derecho hacia él y lo vi con cara de angustia. ¡Pobrecito, es tan lindo y cómo quisiera que se recuperara! Llego a su cama, le tomo el pulso, la respiración y haciendo la evaluación visual hago mis notas. Luego me dispuse a preparar la solución de a diario y, mientras preparo la jeringa, lo vuelvo a ver y le digo: «no te preocupes que te lo voy a dar ahora mismo».

Nosotros a la expectativa.

—*You guys* saben lo que me respondió el HP con esa cara de amargura y muriéndose. Me dijo: «¿No te puedes esperar a que me mejore?»

Silla de ruedas

En el hotel al cual ofrezco mis servicios como taxista hace horas que están esperando un Weelchair cab, ese taxi para silla de ruedas, y nadie aparece. Hoy es domingo, día que muchos taxistas dedican a sus familias y no trabajan. Soy el único en la parada. Llueve a cántaro quebrado. Me llaman de la puerta, voy. El pasajero es una honorable ancianita muy amistosa y cariñosa. Me dice que aquí en Miami es horrible el servicio del taxi, que lleva dos horas esperando y que si me atrevo a llevarla se va conmigo. Me echo a reír pensando que si a su edad es impetuosa cómo habrá sido de joven.

Acepto. Los asistentes del hotel la sientan conmigo adelante, su silla va acomodada en el baúl.

—Gracias, driver, llévame a la 15 y West Avenue.

—No hay problema, dulce señora, en menos de veinte minutos estaremos ahí —le prometo.

—¡Qué lluvia cae! ¡¿Qué bello, no?!

Y así, hablando del agua, llegamos. Todo inundado hasta la mitad de las ruedas del taxi. ¡¿Ay, y ahora?! Estoy a unos metros de la puerta de entrada a su edificio, pero no puedo entrar porque si lo hago se me ahoga el taxi. «¡Qué dilema!», pienso. Y exclamo en mis adentros: «Fuck».

Ella interrumpe mis pensamientos y preocupada me pregunta:

—¿Qué piensa, chofer?

—Que voy a llevar tu silla y regresó por ti para llevarte en brazos.

Me quité los zapatos y remangué mis pantalones. Así concluyó mi noche.

¡Qué bonito les quedó!

Dos pasajeros, felices de estar una vez más en Estados Unidos, me cuentan durante el viaje a South Beach y tras partir del Hyatt Hotel en el downtown:

—Nosotros somos franceses.

—¡Ajá!, los escucho.

—Empezamos a venir a América cuando el portón de la Casa Blanca sonaba «Clin-ton» y desde entonces nos volvimos demócratas. Y quiero que sepas que aunque nosotros estamos cerquita de Inglaterra no compramos nada de lo que ellos producen, pero ahora que volvimos a América vamos a consumir «Le-Winsky».

Nos carcajeamos y el otro pasajero aclaró:

—Él quiere decir el whisky.

Como siempre

Es día de san Patricio: los celtas están celebrando una de sus fiestas históricas. El resto del mundo, que no es celta, se cuela en la festividad. Algunos saben el motivo de la celebración y otros, que solo ven la fiesta aunque no sepan cuál es el motivo del alboroto, exclaman: «¡Vamos a vacilar!».

De un joven se comprende, pero de un viejo… también. La irresponsabilidad de los compromisos contraídos se la queremos pasar a otros.

Mi cliente mira su reloj y al parecer piensa que todavía tiene algunos minutos. Está disfrutando la fiesta con un pero: el tiempo. Sigue y sigue en su parranda, igual que otro hombre que está haciendo su negocio, pero la reunión comercial se atrasó. Hay muchos como ellos, pero a lo que voy.

Muchos clientes están atrasados para su vuelo. El celta en cuestión sale de la fiesta, corre a la calle, levanta la mano y desesperado grita:

–Yo´ cab! I´m in a rush. Please fly to the airport.[37]

---

[37] Estoy apurado. Por favor, vuela al aeropuerto. (Nota del Autor).

De su irresponsabilidad quiere culpar al taxista, aunque ve que el tráfico está imposible. Para complacerlo, ¡cómo quisiera ser un helicóptero o ese avión de guerra que se ve en la película de Arnold, *True Lies*, un Harrier que baja y sube verticalmente en la esquina de Brickell Ave. y la 5 Calle! Pero desgraciadamente piloteo un taxi, una nave terrestre.

Lo peor es que después de hacer malabares en el tráfico y escuchar durante el viaje sus insultos, al llegar me paga y no me da propina, ni siquiera las gracias por el corre corre.

¿Y cuál es el apuro?

Casi veinte mil personas están saliendo de la American Airlines Arena, casa de nuestros campeones Miami Heat. Let's go Heat! Se acaba de celebrar en dicho establecimiento el Premio lo Nuestro, de Univisión. Esta noche bajaron del cielo muchas estrellas para ser premiadas por la luminosidad que le dan a la tierra.

Yo ando por el área en la rebusca, como siempre, cuando alguien se mete al taxi así porque sí. A la cañona, como se dice por estos lados. Es un muchacho que, apurado, me dice:

–A South Beach.

Le explico que no hay forma de avanzar y me demanda que haga lo mejor que pueda, pero no puedo hacer nada. Le pido que vea a su alrededor la cantidad de carros, gente y policías que nos rodean. Se impacienta, la coge conmigo y me ofende. Me mantengo calmado y con dificultad llego a la luz de tráfico en rojo que inmediatamente se pone en verde, pero no puedo pasar porque el policía da la prioridad a las personas para que crucen la intersección. Mi cliente se mueve inquieto de un lugar a otro en el asiento trasero, buscando un escape visual. Al verse imposibilitado, saca medio cuerpo fuera del taxi y grita:

—Mother fuckers, get out the way![38]

El policía ve la impaciencia de mi pasajero y tal vez a propósito deja pasar a más gente por la intersección. El pasajero me reclama:

—What's wrong with this city?[39]

Le explico que los estatutos de la Florida le dan prioridad al transeúnte. Molesto se baja del taxi, y tira la puerta tan fuerte que si hubiera tenido el cristal arriba me lo habría roto. Una vez fuera del taxi se agacha buscando mi mirada, saca el dedo (ya ustedes saben cuál) y él mismo contesta a su pregunta:

—¿Sabes lo que está mal en esta fucking ciudad? Que solo por el hecho de vivir aquí todos se creen una celebridad.

Me pregunto: ¿y cuál es el apuro?

---

[38] Hijos de puta, ¡fuera del camino! (Notas del Autor).

[39] ¿Qué está mal en esta ciudad?

Something hot

Un ochenta y cinco por ciento de los clientes me pide que les cuente algo de lo que me ha pasado en el taxi.

—Nada excepcional —respondo e insisten, porque saben que más de alguna vez algo interesante debe haber pasado. Lo saben porque muchos de ellos han sido los protagonistas.

Insisten en oírme; me muero por hablar pero si empiezo no termino porque luego piden más. Sigo con más y exigen más y más, nunca quedan satisfechos y para callarlos tengo que preguntarles que si así de exigentes fueron con sus profesores allá en la escuela.

Todos echan las carcajadas.

Hard to hold

He tenido tres mujeres en mi vida: Xiomara, Yanet y Aura Lila, que significaron cosas serias en mi existencia. Hubo otras también; la Coco, aunque solo fue una amiga de mi niñez, lloré por ella una vez que se enfermó. A Juanita le tuve un cariño que aún persiste; también a mi tía Delia y tía Toñita. Las demás son las demás, pero no sobran en mi corazón. Aventuras, un millón; pero ninguna tan especial como la que estoy pasando ahora.

Cerca de mi casa vi días atrás a una linda muchacha que hablaba con un tipo. Al otro día la volví a ver, luego otra vez. «¡Qué linda es!», observé.

Un día de esos en que el negocio del taxi no estaba bien me sentí sin apoyo. Los malos momentos me embriagaron, la nostalgia de mi felicidad pasada me envolvió, y en cuanto al supuesto presente feliz era notable que no existía.

Camino a casa, paré en la gasolinera de mi esquina y fue cuando la vi. Ella, sucia, desaliñada, sus ojitos perdidos en el tiempo y la distancia, su naricita y su boquita bien formada, con una sonrisa que no sé cómo expresar, pero que me gustó.

Su carisma, su personalidad, su forma de hablar, sus expresiones, su sonrisa y hasta su aliento me vinieron bien. Almacenando todo detalle del primer encuentro, la imaginé bien vestida y presentable, porque educada estaba y era amable. Deduje su situación: «Esta anda sin freno, pan comido, negociamos ir a un motel y pagar cincuenta y cinco dólares por toda la noche, porque ella no es para un rato». Me pidió veinte dólares.

—Mejor vamos a tu casa —le dije.

—OK, pero con una condición. Llévame a comer primero y no me pagas nada de lo que acordamos.

Sentí que los dos nos necesitábamos. La llevé a South Beach, primero jugamos un poco de billar; algo que ella no sabía, pero que siempre quiso hacer. Luego fuimos por comida, después a caminar, entramos a un bar donde se baila y la pasamos como si fuéramos las personas más felices de la tierra. Y así fue.

De regreso al taxi, me abrazó y besó. Después me dijo:

—Hacía rato que no andaba por estos lados, aquí empezó mi vida loca.

La llevé a mi casa. Le pedí que se bañara, no sé a cuántos habrá hecho sufrir con su peste, aparentemente nadie se percató o probablemente soy yo el higiénico con mi cuerpo. Se desnudó y solo la pude comparar con una flor; ahí mismo una vez más la naturaleza se expresaba. Se encerró en el baño y poco tiempo después me gritó:

—¡Hey!

Fui a ver.

—Lávame el pelo.

La vi arrodillada con el chorro de agua en su cabeza. Pensé que el agua oscura que salía de su cabello era tinte, pero no, era suciedad.

Busqué algo en qué sentarme para poder bañarla. Me desnudé y así en bolas me fui a la sala a poner música, aquella canción que dice «de punta a punta», nada más propio para el momento. Toda la casa olía a mar, como si los dos hubiéramos salido de nuestro trabajo en la pescadería. El ambiente fue cambiando mientras nos bañábamos y así el aroma fue convirtiéndose en langosta fresca servida en la mesa.

10: 00 a.m.

Abrí las ventanas de mi cuarto y ¡wau!, hacía rato que lo había olvidado: vi una vez más ese tipo de sol, más claro, solo vi un perro, pero me pareció que el vecindario entero estaba alegre. Vi a una lagartija encima de otra y me reí. Me sentí feliz, descansado, realizado y con hambre.

La mugrosa aquella que tan solo unos días atrás conocí ya no existía. Se vistió con mi ropa, escogió mis trapos viejos y rotos y se veía más linda todavía. Entre los dos cocinamos el desayuno y luego de comer me pidió algo que negué:

—Ven conmigo a la calle a divertirte. Si ustedes los taxistas andan en la rebusca, ven a rebuscártela conmigo. Yo me paro en una esquina y tú te paras en el otro lado.

Sin pensarlo le contesté:

—¿Por qué mejor no te haces taxista y así andamos juntos en la calle?

—Te prometo que lo hago si tú me complaces.

No acepté y le pedí que mejor me llevara a conocer su casa, que pensaría lo que me había propuesto.

Me preocupaba la idea de encontrarme con su papá, su mamá o toda su familia, ¿me aceptarían como héroe por su rescate o como villano?

Llegamos a un abandonado edificio de tres pisos, pero ella me llevó al patio y me quedé sorprendido de lo que vi. Su casa no era más que una chocita. Confundidos en el alto monte había cuatro palos sembrados, con un techo de cartón revestido de plástico.

Entramos y como cama solo vi un espacio con trapos viejos. Contemplé en las paredes pinturas rupestres, diría en cuatricromía: blanco, azul, rojo y mostaza. Al observar aquello le pregunté:

—¿Eres peruana? Porque esta pintura, según tengo entendido, es de la cultura Mocha.

La otra pared del frente estaba dibujada con momias y sarcófagos de cuerpos ataviados y revestidos por corazas metálicas simulando oro.

—Bonita pintura, bonito arte el que tienes.

—Gracias —me respondió.

Observé en un rincón libros de matemáticas. ¿Pitágoras? ¿Álgebra de Baldor? Uno de ciencias naturales, otro de biología, uno más de ciencia del espacio.

—Son mis tesoros —me dice.

Recojo otro libro que anda por el piso, es de mitología griega. También hay revistas espirituales y de psicología, otro de parasicología y lo infaltable, uno de Kama Sutra. Se echó a reír y comentó que era su preferido cuando estaba con alguien.

Un rato más tarde nos acostamos mirando hacia el cielo limpio propio del verano. El calor sofocante y la humedad enloquecedora nos hicieron desnudarnos y así, boca arriba, contemplamos el cielo.

Vimos una estrella fugaz y ella pidió un deseo. «Que este momento sea para siempre».

Eran las cuatro de la mañana cuando terminamos el último capítulo de su libro preferido. A las siete de la mañana de ese mismo día me desperté, asustado por estar desnudos en pleno día. Ella dormía profundamente. Me despedí con un beso en una de sus mejillas y ¡cómo me arrepiento de no haberla despertado!, porque desde entonces no la he vuelto a ver. Su improvisada casita ya no existe.

Estoy seguro que esta aventura me marcó para siempre. Tuve luz por un momento, pero otra vez todo está oscuro para mí.

ACERCA DEL AUTOR

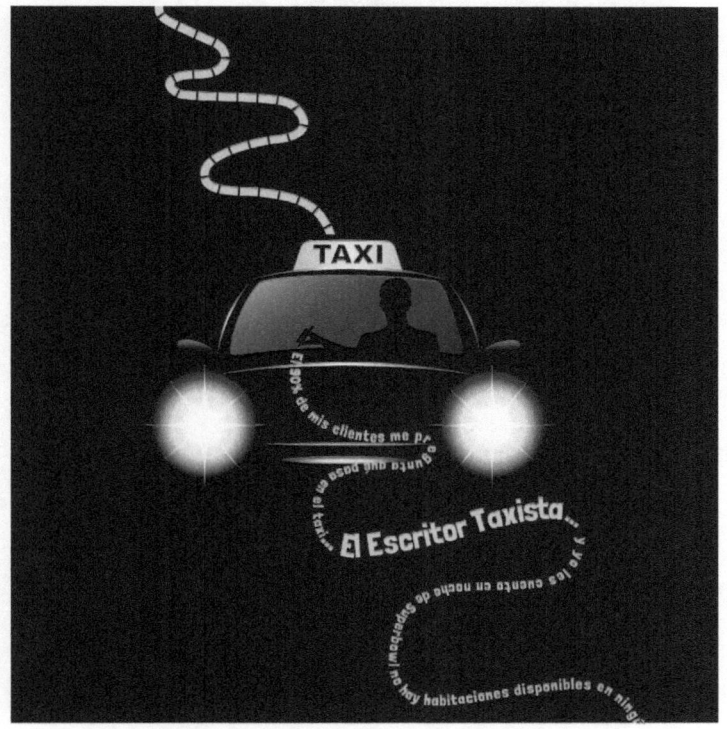

El Escritor Taxista es el seudónimo que seleccionó el taxista de Miami que escribió estas historias.

Él prefiere mantenerse en el anonimato hasta terminar de publicar toda su colección de cuentos.

Agradecemos a todos los lectores que dejen su honesta opinión en Amazon o si lo desean pueden escribirle directamente a El Escritor Taxista en:

escritor.taxista@gmail.com

Índice